主编　凌翔

当代著名作家精品·散文卷

U0830148

梦里有歌缓缓前行

刘群　著

文化发展出版社
Cultural Development Press
·北京·

图书在版编目(CIP)数据

梦里有歌　缓缓前行 / 刘群著. — 北京：文化发展出版社，2023.1
ISBN 978-7-5142-3626-2

Ⅰ. ①梦… Ⅱ. ①刘… Ⅲ. ①散文集－中国－当代 Ⅳ. ①I267

中国版本图书馆CIP数据核字(2021)第275411号

梦里有歌　缓缓前行

刘　群　著

责任编辑：岳智勇
出版发行：文化发展出版社（北京市翠微路 2 号　邮编：100036）
网　　址：www.wenhuafazhan.com
经　　销：全国新华书店
印　　刷：唐山楠萍印务有限公司

开　　本：710mm×1000mm　1/16
字　　数：200 千字
印　　张：13
版　　次：2023 年 1 月第 1 版
印　　次：2023 年 1 月第 1 次印刷

定　　价：49.80 元
I S B N：978-7-5142-3626-2

◆ 如有印装质量问题，请电话联系：13121110935

目 录

第一辑 梦醒了，花开了

新年礼物 002
油菜花 004
花与假期 006
人间四月天 008
飞翔 011
田埂花 014
世界上最温暖的脸庞 016
忆江南 019
春夜掩卷思 021
如果生活欺骗了我 023
月不落 025
以梦为马 028
十年之后，人生几何 031
遇到困难，没有什么大不了 033
写作情缘 035
胡子拉碴的半生涯 039
伤痕无须纪念 041
走着走着，花就开了 044

第二辑　一路感动一路歌

济南的夏天　048
我的父亲　050
在西安　054
孩子，妈妈要和你道歉　056
珍珠项链　059
广州之行　061
兵哥　064
姥姥　068
妈妈说，她已经 65 岁了　074
她的声音　078
女孩的私房话　081
姥姥，您在天堂还好吗　083
宿舍姐妹情　087
周庄一瞥　089
我给爸妈的一次旅行　091
西湖小游　094
您的眼神　097
健康是福　099
工作的意义　102
这个女孩不简单　105

第三辑　一个人的欢喜

我是孩子王（一颗心）　108

一个人的时候　111

向阳　114

日记　116

给心灵一次自由的呼吸　119

喜欢自己，爱自己　122

穷开心　125

满屋月光　129

《呼兰河传》，让我看到一个斑驳的世界　131

把自己变成一朵云　135

那年冬天　139

一碗汤　144

如果忙　147

写作的快乐　149

我想你了　152

当我老了　154

晴天遐想　157

瑜伽，遇见更好的自己　159

第四辑　四季的风景

春　164
十年流光　166
放牛班也有春天　169
步行，傍晚前的一段路　171
玻璃房子　173
笑　175
不要让我等了，好吗？　177
秋天的雨　180
又是一年栀子花开　182
相见欢　184
一句话　186
六朝松的故乡　188
好好说话　190
《小鞋子》敲开春天的门　193
留住精彩，留住爱　195
童年的记忆　197
夏天的风　200

第一辑　梦醒了，花开了

新年礼物

人人都喜欢拆礼物，里面有说不清的惊喜和期待，我也不例外。

今年注定是平常的一年。新年的味道已经随着潮起潮落化作昨日的红花，贴满家家户户的门前窗台，带着喜庆，带着祥和，也带着期盼。

记得我刚开始看到这样一个礼物的时候，我内心涌动着一些感动，一个小小的本子，一支简单的笔，满足了多少作者和读者的休息和畅游之需，鼓励了多少迷途的孩子，重新走到明媚的春光下，听风拂动岸边的杨柳，看枫叶在山头红透，看风雪在天地间飞扬。

我喜欢写字，简单而纯粹，是一份嘱托。嘱托春天无限好，莫要负时光。

今年，我在这里，开始重新追梦，我敢将多年埋藏在心里的念想拿出来咂摸、思考、行动。

我知道一份礼物，也许是无意识的，也许是策划已久的，这一份于我而言，显得弥足珍贵。米色的包裹里，黑色的本子，我拿起笔，写上自己的名字。我想起小时候，每逢领到新书时的小心翼翼，包封皮，要包报纸壳子，对书的珍惜，慢慢变成对文字的喜爱，我喜欢本子，上面可以藏满我的心事。

最近，尤其觉得时间不够用，白天手脚并用，也脱离不了琐事缠身的状态，傍晚，本想去修身养性也不能如愿，时间常常错过几分，几秒。

站在楼下，看着月亮高悬，我心里不禁害怕，三十而立之后，我时常觉得时间紧张，忙完家里，没有时间顾自己。

我很想独自去旅行，待在一个地方，十天半月即可，带几本书，一个本子，简单的行李。

看看周遭的事物、风景，到附近的菜场买一次菜，在当地人的家里住下，和人们一起看太阳升起，和他们一起下海打鱼，和孩子们一起在沙滩上奔跑，扬起头发，大笑不停。

或者，只是我一个人，安安静静地坐在海边，旁边有一个茅草房子，最好，屋子前有一株草或者一棵花，含苞待放。夜里，我点着油灯，在案下看一本厚厚的缠着我心的书，看到感动时，披衣而起，走到门前，茅草屋前的花，忽然开了，有星光点缀的夜空下，花朵带着一层柔和的光与影，海风吹过，清香醉了夜晚的心。

就这样躺在棉被里，看着花开，听着海浪，抱着喜欢的书本，想着里面的故事，做一个梦，我就是里面的人物，我就是门前的一株草，是草边刚盛放的花。

醒来，手边有这样的本子，还有一支笔，拿起笔在我喜欢的纸张上写下我的梦，我和笔融为一体，只为纪念我曾经的痕迹。

三月即来，花海里，我在其中沉醉，如果你看到我，请不要大声叫我，因为我想问一问花，春天何时来，何时去他方，能否捎来一片春天的树叶，带着恬淡的春风，给我窗台。

油菜花

风有了丝丝的暖意，拂过面颊，痒痒的，阳光点在眉心，似笑非笑的嘴角，有一抹甜蜜，淡淡的香缭绕鼻尖，大片大片的亮色忽然来到了眼前，霎时间，置身花海之间。

三月，油菜花开。田间，涂上了黄色的眼睛，眨巴着的睫毛上，捉住了路边行人的目光。我转身，跨过沟边，来到它的面前，它张开双臂，拥抱我，花朵涌动，花瓣片片在风中舞蹈，花朵汇成春天的画卷，比向日葵炽热，比阳光还暖。

路边，随意几株油菜花，摇摇晃晃地在灰尘里挺立脊梁，它瘦弱的腰杆，那么细，那么柔，不忍心去碰它，只想给它一个依靠，绑一个蝴蝶结，告诉孩子们，不要来推倒它，春天来了，花开了。

坐一趟车，一路颠簸，只为曲折中，油菜花充盈在梯田，盛开在山间，浩浩荡荡的，一朵连着一朵，一棵挨着一棵，开心地唱着一首自己喜欢的歌，歌声飘荡在头顶，鸟儿也跟着哼唱，只问你一句，我已盛开，你来不来。

你来，或者不来，我都在那里，打骨朵，含苞，怒放，美得让自己心动，只为你的一眼，只为你的一个笑脸，花朵小小的，带着笑意，暖色调，暖心窝。

不管你在高高的写字楼，还是在低低的尘埃里，它都在你的眼前，慢慢地腾挪着身体，开着小花朵，和同族们一起构成一首风中的歌，带着律动，带着清香，带着温度，三月的春天，因为它而被记住。

春天来了，黄花呢？孩子闪着天真的眼睛，他嘟着嘴巴，看到了它，只知道它露出的色彩。

黄色的花有很多，唯独这个黄色的油菜花，田间、地头里有，因为它还有一个神圣的使命，结成果子，晾晒干，再打磨成一滴滴餐桌上的油。

这便是菜籽油了。在滚烫的锅里，刺刺地响，大老远，孩子就跑进屋里，拽着外婆的衣角，喜滋滋地望着老人，“姥姥，我闻到了花香。”

油菜花就这样在乡下、在城市、在人群里生，在春天里满山满地地开，末了，它默默地结成小果子——油菜籽。

绿叶还在，花已完满。

今年，三月还未完，油菜花还依然开放着。摒弃尘嚣，我闭上眼睛，浅浅地蹲在花丛里，任风吹拂耳边的头发，任他人呼喊我的名字，而我，只是深深地吸着花田里的香气，让花朵触摸我的心。我一呼一吸之间，突然觉得自己也和油菜花重生了一回，盈盈浅笑，我穿着粉色的衣裙，在尘世间舞着，我最喜欢的青春之曲……

花与假期

不知从哪一天起，红色条幅就挂满了树梢，上面的字或潦草或工整，整齐划一地宣告着三月中一个特殊的日子——三八妇女节。

这一天就这样来了，有预告，有喜悦，也有感伤，不知不觉地告别少女，来到了少妇，妇女，是一种怎样的岁月轨迹。

小姑娘们喜欢过节，什么都可以成为脱离课堂的理由。譬如，女孩十四岁以上就是妇女了，所以下午可以不用上课，放假半天，看到这样的借口，我真是只能掩面了。

而真正迈入妇女行列的女人，总是踌躇着，这浮生多来的半日到底该做什么呢？逛街，遛娃，还是找一家咖啡馆，坐在靠窗的位置，任由外面的阳光灿烂迷人眼。

男人今天多半忍着一点小哀怨，心想，为什么每年女性都可以得到来自四面八方的祝福和祝愿，礼物和鲜花，假期和惊喜，而他们什么也没有，独守阵地，任劳任怨，为什么呢？

我端着手里的花茶，看着捶胸顿足的男人，笑盈盈地说：其实，如果你经历了每月的生理疼痛，经历了十月怀胎，经历了哺乳喂养，也许就会明白女人大过天的道理。

女人是生命的见证者，是生命的孕育者，承载着生命的重量，肩负着生命延续的重担，常常忘记自己来到这个世界上，也要看尽繁华，也要经历沧桑，也要历尽千帆，也要不留遗憾，可是女人往往遗憾。

遗憾没有在如花似玉的年纪把千山走遍，局促在狭小的家里，等待生命的到来；遗憾不能说走就走，小尾巴一样的牵绊，到处都如影随形；遗憾人生短暂，好不容易尾巴变成了青蛙自由游走后，皱纹却爬满了脸颊，想走的心硬了，腿脚也不灵便了。

女人如花，抽芽时的小心翼翼，轻柔地吐露香气，含苞待放时的娇俏可人，引来无限遐想，娇艳时迷醉人心，娇嫩时惹人生出许多爱怜，盛开时的惊艳时光，慢慢地融在了琐碎的生活里，凋零凋谢，失去光彩。

女人和花的缘分最深，初生时，产房外的翘首盼望，探望时的满屋芬芳，满月时的花瓣盈屋，憨态可掬的婴儿脸蛋，周岁时探身看花的好奇，上学时看到花的心动，待嫁时手中的白色捧花里装着满怀的憧憬，红艳艳的玫瑰花在窗前氤氲着香气。

女人爱花，也爱假期。女人和花还有假期有着不解之缘，女人需要时光休整疲惫，女人需要花朵装扮生活，今天是女人的节日，今天女人可以躺在花海里，让花香迷醉心灵，双手枕在脑后，闭上眼睛，让心和花融为一体，让这珍贵的时间安慰那些我们已憔悴的容颜，和慢慢变脆弱的心。

花海里，花瓣下，女人成为一朵花，因花而来，因花而生，读女人，先读花，时光为媒，读一朵花的语言，简单地用心去聆听。

人间四月天

四月，人间最美的月份，花开大地，香满乾坤，最美不过人间四月天，一点不假。

四月才刚刚翻开，我便迫不及待地想去看一看，不知道樱花和路边的那些粉色的花有什么区别。

那些粉色的花不知道从什么时候起，就满枝头开放，一眼望去，如雪一般，粉嫩的如女娃娃的拳头，如雾一样，好像我们心头的最动人的往事，有初恋般的含羞和模糊。

而樱花是什么样的呢？听说武汉大学，每逢樱花盛开的时候，大学里面都宾客盈门，大学的门槛都磨亮了。武汉大学不得不将开放的人数限制起来，这一限制，慕名而来的游客更多，附近的宾馆常常满客，还有很多想看樱花的人们没有歇脚的去处，更别提赏完花后，可以吃一餐美味的饭，人都站满了屋子。挤来挤去的人们啊，会不会想我是何苦来哉，来看一眼樱花，要饿上好几个时辰。

可是，每年四月，看花的人还是会去，好像那里有无穷的魔力一样。

武汉大学的樱花，我真真是无法去观赏了，好在中科大的樱花也开了，驱车前往，时间上还是可以接受的。

这样想着，就等四月天，风头起，花香满溢，我看着街头，车水马龙，算好日子，可以出发了。

一早上，做好家务，换了最清爽的衣服，在镜子里笑一笑，明了了自己的心境，今天，我要去看一看：樱花，它到底长什么样子。

一路上，春风吹着，隔着窗户，一丝丝小缝，暖暖的风便扑了我一脖颈，痒痒的，挠拨我的心，看花的情，也灵动了。

阳光晒在身上，毛孔都一惊一乍的，今天是一个艳阳天，路边的孩子，穿着单薄的毛衫，冬天的棉袄已经脱下，因为穿得轻便，只见孩子在路上不停地奔跑，后面的大人，一边追着，一边骂着：小崽子，你跑慢点。

孩子全当听不见，只是跑，一会儿，脑门上都是汗，掀起毛衫，露出粉嫩的小肚皮，大人才终于捉住孩子，自此开始新的一轮追赶。

春天，就是这样热闹，有活力，生命力带着四月的浪漫和美丽，到了中科大北门，我看到大大的校名。

校门上写着中国科学技术大学，我知道是这里不会错了。

车子不知道找了多久，总算有个落脚地，急忙下车，不记得车门锁上没有，我闻到一路花香，便忙不迭地顺着气息追过去，不问尘世了。

樱花初放，花期七天左右，我看着树枝上盛开的樱花，粉的如少女的脸颊，一层一层地展开着，层层叠叠之间，各自散开，谁也不遮挡谁，每一个花瓣之间，相互簇拥着，花心里躺着花蕊，淡淡鹅黄色的软花茎上点缀着黄色的花蕊，一朵盛开的樱花大致就是这样了，引来一路的合拍，还有低头暗暗的欣赏。

游人如织这个词，近来我理解得稍稍透彻些，一路上，都是人群，孩子的笑声，草地上的各色小花也开放了，在人间最美的月份里，齐齐地看着我们最美的季节。

不知道那些黄了的如蝴蝶一般的花是什么，它们挨在一起，相互笑着，春风一起，摇晃得像个古代孩子背书的样子。

还有一些不知名的小花，点缀在校园的边边角角，不经意路过，都会蹲下来，问问它，你是梦幻小花吗？迷雾一般的紫色，多少带着点神秘吧。

就这样，一上午，看了樱花，始终没有找到那株名贵的绿樱，不过看了些黄的、紫的、红的，还有白的花，也算惊喜吧。

直到肚子叫了三巡，我才恋恋不舍地收回了脚步，脑海里都是花，还有春风，此刻心想，春天啊，你能否走慢一点，再慢一点，让花开得轻柔一点，再柔和一点，让我好好地在这花海之间，欣赏个够吧，好吗？

如果不可如愿，那能否在这最美的人间四月天里，让时钟走慢一点，再慢一点，让我们看美好事物的眼睛丰盈一点，让我们干瘪的灵魂丰满一点，从此，四月成再生之月，有花，便是晴天。

飞翔

我走了，我轻轻地和几个朋友说。没有送行，因为我不需要华丽的离开。四月的春天本就是杯浓郁的酒，我在暖风的吹拂下，渐渐地有些醉了。我散着青丝，带着希望，慢慢走开。

每天清晨，我站在窗口，看着车水马龙的街头，人声鼎沸。我将目光停留在难得的一片青绿的草丛上，伸个懒腰，开始一天的新生活。

今天，我又开始重复过去找工作的步骤。我常常在夜半阑珊时，一个人静静地问自己，我的梦想是什么？我想成为一个什么样的人？我到底适合做什么样的工作呢？

四月，花开了，我在花丛中与蝴蝶共舞，我热爱文学，我喜欢在文字的世界里敞开心扉。我热爱生活，我喜欢生活给我带来的故事和眼界，文学和生活在四月的阳光中温暖我的心房。

我在城市中穿行，在各路公交上看这个城市的风景，从不同的角度去感受我生活的环境。我和这个环境有没有结成一种感情，我仍然喜欢坐在窗口，风吹过我的脸庞，我感觉我在随风飞翔……

我在偌大的开发区里寻找研究所的身影，我在青葱岁月里拨开校园铁门上斑驳的印记，我在博物院的长廊上看潘玉良画展，我在等一个地方打来的电话，我在四月里放飞我的心情，随着在高空中飞着的风筝，心明朗了。

打乱原来的生活，是为了重新整合生活。我在重新定义自己生活的途中，我的风筝断了线，我追不上我的风筝，我拼命地奔跑，我气喘吁吁，我的鞋子掉了，我光着脚丫，风筝越飞越高，我只能仰头看着它，我继续追逐，我脱离了大地，我的脚掌随着风而起，我感觉自己好像生出了一对翅膀，我在天空自由地追逐我的风筝……

很多时候，我不知道我的未来是什么，我没有停止憧憬。我渐渐明白很多道理，但这些道理必须在走上社会之后，才成了真知灼见。在社会的磨砺下，我没有放弃梦想，那个模糊不带尘渣的梦，是尘世的一道青绿，我向往着。

如果忙碌的脚步没办法停下来，请问一问自己的心灵，不要走过了人生的大半光景，才恍若隔梦，可能为时已晚。生活不仅仅是维持生计，每个人的人生都只有一次，没有返程。

有梦，有追逐，有希望，在人间四月天里我飞翔如鸟。我挣脱了随波逐流的大潮，我去掉了桎梏我已久的链锁，我飞了起来，我感受着阳光的香甜，洒在我的脸上，我的胸膛，我像一个熟睡的孩子，在风中，笑靥如花……

结局，我才不要结局，太阳悬在我的头顶，我随着太阳的移动开始挪移，我成了一株向日葵。

风来的时候，我靠着迎春花，它紧紧地抱着我，它说，我们成了亲人。

我笑出了眼泪，不管生活给了我什么，但是亲情，也是我需要的，那么的暖，尤其在风雨欲来的时候。

我抱着它，我的泪水和雨水滴落在它柔软的枝头。

风落雨停，彩虹起，我站在迎春花前面，看着那七色的彩虹，我看到了时光流转，我看到了韶华翩翩，我知道了生活，还有一轮明月高悬。

我躺在迎春花的怀抱里，看着天空中的星星，一颗、两颗、三颗……连成线，我拉着迎春花的手，心里平静而安宁。

我们就这样向着太阳，看着太阳，享受着太阳的光芒，在阳光里生和长，在夕阳西去的时候，话人生的短长。

我们看了无数世间的人，在我们的面前停留，在我们面前牵手，在我们面前海誓山盟。我们就那样静静地站在那里，什么也不说，只是向着阳光的方向。我们会长成人的模样，那个时候，我不再是向日葵，它也不是迎春花，我们成为这世上最开朗的孩子，带着笑容，跑遍人间的沟沟坎坎，还有鸟语花香的地方。那个时候，太阳还是会升起，我们还是会追逐阳光的方向。

田埂花

有一次，我发现离家不远处有一块地，零星地点缀着小花。当我闲暇无事的时候，当我思绪畅游的时候，这些小花就会来到我的面前，它们可爱地对着我笑，和我打着软糯糯的招呼。

我想是时候去拜访这些小花了，于是我越过田埂，蹲在花边看天，我看到天空的云，慢慢地移动过来，像一朵大大的棉花糖，越来越大，几乎盖在了我的双眼上，我的心也随着云慢慢地松松散散，完全打开了。

渐渐地，我喜欢上了越过田埂，去看天，看地，看花。我琐碎的生活，几乎没有美感可言，可是越过田埂后的风景，忽然变了，这里流动的一切，似乎都带着生机，这点发现让我喜悦。

我的生活慢慢变得很充实，没有时间抱怨，也没有时间悲伤，我的生活变得有张有弛起来。

我最初探望花朵的好奇，变成了日后的习惯，成了我晾晒心灵的花田，哪怕只是零星的几朵小花，最恬静的色彩，也会在我的心灵上荡漾出向日葵的芬芳，向着太阳的方向，乐观地生长。我像是着魔了，沉浸在田埂花的自在里。

在快节奏的现代生活中，每一个人都有放松解压的方法，每一个人都应该有放松自己的法宝，一个甚至多个“田埂花”。“田埂花”只是我排除心理垃圾、消除疲惫、重新找到生活乐趣的方法，而不是沉溺其中。小说很好，网络当然也不错，但万万不可将时间都放在小说里，分不清现实和幻象，也不可沉迷网络，荒废学业，耽误工作，这就犯了没控制好程度的错误。

人生有几个少年，哪有那么多时间给我们去蹉跎。不要老了才去感叹，少壮不努力，老大徒伤悲。也不要去抱怨，生活本就一地鸡毛，我怎么能看到些许希望。

田埂上的花处处都是，只是需要你停下忙碌的脚步，歇息片刻，重新出发，人生苦短，让我们牢牢把握住自己生命的缰绳吧。

世界上最温暖的脸庞

五月即来，花满楼，城下遍地春语呢喃不休，鸟儿飞上枝头，只为鸣一曲母亲的欢乐与哀愁。春去春来，多少夏与冬，母亲的目光里只有关切，还有无尽的爱。

忽然很想念妈妈，想念她清晨轻轻推开我卧室的门，如果我还在睡梦中，她会再悄悄地出去，只听到门轻微地动了一下。

阳光透过窗帘，浓密热烈的光线，已经穿透纱幔，一丝一缝地到了床上的绸缎被子上，还有我不愿睁开眼睛的脸上。

想念妈妈，默默准备好的饭菜，绝不动筷子。只要听到房门响动，只听厨房里，一派繁华与忙碌，她总是擦着手说：还有两个菜就好了。

想念妈妈，晚上叠好的衣服，总有淡淡的花香。我问她，用的什么牌子的洗衣液，她笑着摇头，哪有什么洗衣液的味道，是晒足了太阳吧！

我不信，用力地闻，果然是绵长的各种春天里的气息印在了衣服上，经太阳一晒，春天就落下来了，妈妈将春天带回了家。

有一天，我路过一家花店，看花坊里的姑娘正在摆弄花草，我看她动作轻柔而迷人，我竟然痴痴地看呆了。

她引我进屋，我看到满屋的绿色，这春天委实盛大了些，那绿色的好像带着水珠一样的藤蔓长长地牵着我的眼睛，还有那瓶里开放着的各种颜色的花朵，让我的心一下闻到了春天所有的味道，香甜、香醇、迷醉，还有梦幻。

我捧了一株紫色的花，姑娘给我拿了种球，她说，这绝对会让我喜欢。

一直以来我都不会拒绝，我便捧着种球回到家，妈妈正在沙发上坐着。

灯光下，她满头白发，慈祥得像个画中人，手边是一堆袜子。

我放下瓶子，走到她跟前，嗔怪：妈，现在谁还穿破袜子啊。

妈妈抬起头，看着我，笑着说：哪是破袜子，你看看你们的脚指头，都是老虎嘴，一双好好的袜子，一下就破了脚指头。哪一双袜子，我没有修补过，你脚上的就是啊。

我一时间不知道说什么，只是盯着我带回来的花看。妈妈放下手里的活，带着我来到阳台，她拿起喷壶：这个花，好养，好看，花最香。

我点头，开始将种球安置在透明的瓶子里，每天看它的根须一点一点地变长，细细的，白白的，好像少女的藕腿，我被吸引了，因为我盼望开花。

等了不知道多久，我看着窗台都开始责怪花坊的姑娘了，妈妈跑了进来，带着喜悦。

原来花开了，一小朵，紫色的，慢条斯理的，长腿诱人的是我的小花。

我看着花出神，一时间不知从何说起，只是去嗅那好闻的花了。

五月即来，一年又去，我看着风信子就想起了妈妈。今年的五月，我们不能在一起，可是我的心里都是风信子的香。

小小的种球和我一样，妈妈用温暖的养分，养育我生根发芽，长成一朵盛开的花，披上白纱的我，看到妈妈落泪的样子，心还是会触动得厉害。

记得那一天，妈妈亲手为我披上的白纱，前一夜妈妈说，赶快睡吧，而她是不睡的，妈妈说上了年纪，就不缺觉了。可是那一天，妈妈的眼圈肿了。

女儿的幸福就是天大的事情，妈妈肿着眼睛，前后张罗，我看到妈妈纤细的身体，好像一朵风信子，细长的花茎，还有片片脆弱的花瓣，即使女儿快乐，可终究是离开了母亲的怀抱啊，我怎么会不明了。

今天，我看着四月天，阳光大大的，灿烂地来到窗前。

妈妈，我忽然想明白了一个道理。

没错，妈妈，您说得对，风信子，好养，花最香。妈妈，风信子，真的好香，会开的花里，属它最香，妈妈，您知道为什么吗?

因为母爱无涯，妈妈的爱和风信子是一样的所在，有了母爱的浇灌，哪有不幸福的女儿，哪有不香满四溢的风信子。

我带着紫色的花瓣，躺在四月难得的好太阳下，闻着母爱的味道，还有薰衣草的梦幻味道，康乃馨的温暖馨香。妈妈，今天，让我再告诉您一次，我爱您，胜过一切。

其实妈妈需要的东西很少，只要我的一句话，一个眼神，一个笑容，都可以让瓶子里的花，瞬间开放。说我是种球，可是盛放的花朵何尝不是妈妈的心房，那里面有最甜蜜的花香。

我知道我的爱和您的相比，不值得一提，可是妈妈，让我小小的心里装满爱，因为五月的鲜花盛开，只为您的生活更加精彩。

忆江南

记得冰心曾经说过这样一段话：……北京似乎一无所有！——北京纵是一无所有，然已有了我的爱，有了我的爱，便是有了一切！灰色的城围里，住着我最珍爱的一切的人。飞扬的尘土呵，何时容我再嗅着我故乡的香气……

正像这种感受一样，我总是回忆起江南。那里有我太多的记忆，有我牵念的人，那个半城山半城水、山山水水相依偎的小城，是我记忆相册的扉页，是我的心灵畅游所。

我总是想起她，因那个让我第一次领略山的雄壮，长江水的秀美，因那个第一次让我惊叹的古塔、驼铃、鸠兹鸟，以及那些让我眼前丰富起来的一切啊！

慕名天门山已久，决定登临是十几年前的事了。我和西迎着晨光，趁太阳刚刚搽了点腮红，简装出发。转了两站车后，我们便置身于绿色地毯中，小心翼翼地沿着青草边慢行。一路望过去，山坡上许多孩子奔跑着、嬉闹着，山坡下浓荫似伞，游人如织。桑葚树上挂满了红红嫩嫩的小果子，让人垂涎欲滴，索性要一下孩子脾气，伸手摘几颗，然后再向山顶进发。我们另辟蹊径，拄着木棍走走歇歇，谈兴正浓。

笑着擦拭额头上的汗，开心地站在李白笔下的天门山，不妨双手背后，踱着慢步，吟一首《望天门山》。掬一捧长江水，金闪闪的水珠在指间滑落，将手放在嘴边成喇叭状，对着江中摆渡者喊上一嗓子：渡船喽。可不就是：天门中断楚江开，碧水东流至此回。两岸青山相对出，孤帆一片日边来。

有玩有食赛神仙，她的美食很是闻名。凤凰美食街是美食家的好去处，它网罗古今名品，风格各异，江南风味，一应俱全。对于学生，则有些贵，一学期还是可以去美餐几顿，这样我已经很满足了。有时我和同学在新街口或赭山公园玩累了饿了，也会去大饱口福的，桂花羹清香满口，江南一点红江南韵味足，脆皮鸭卷开胃食不休……

这些让人嘴馋的美食呦，令我更爱小城几分。虽小，却小得坐落自然，灵气十足。城中人忙中有闲，一家人怡然自得，友善带笑。忆江南，因为她让我从一个不谙世事的小女孩，蜕变成一个赏月赏花乐在人间，游山玩水发现生活美的成熟大学生；让我在求学路上逢知己，在蓝天白云空气清新的草坪边，谈天说地论古今；她开拓了我的视野，让我成为一个快乐的人……

她用歌道出我的心声，对她的情谊，对她绵绵不止的回忆和感激。就让我在六朝古都，梅花开得正欢，就是此刻，我倚在窗前，在心底、在齿间再唱一回——半城山半城水吧！

我家住在江之尾／半城山半城水／山中楼宇高／水边柳丝垂／我家住在江之尾／半城山半城水／古塔飘晚钟／长桥沐朝晖　／半城山半城水／山山水水相依偎／邻家害羞的小妹妹／暖风吹得你笑了几回／半城山半城水／山山水水长相随／柔情豪情都是你给／远方的我为你永远心醉／为你永远心醉……

春夜掩卷思

今年的春天，色彩忽明忽暗，前几日花开得让人睁不开眼，明晃晃的大太阳也毫不吝惜光线，晒得人懒洋洋的，只想浮在花的香氛里美梦一回。

这两天，天空盖上了灰色的纱，连雨都下得有些晦涩，春寒料峭大抵如此。这样的雨夜，我不舍得睡着。

隔着帘子，听外面的雨滴碰到窗，触到地，发出叮咚的脆响，裹着和树叶摩擦的混合音，沙沙沙沙……一滴一滴地落在心里。

这样的夜晚，最适合拿着一卷书，打开一盏灯，灯光不必明亮，只要有点光线即可。透着昏黄的光，看一页朱自清的散文，是一种极大的享受。

那些过往的，不曾经历的生活，像带着诗意的画，铺展在我的眼前。朱自清笔下的生活，哪怕辗转，亦带着韵味，带着美感，文字里带着书卷的味道，让人每个字都想读几遍，还不过瘾，于是抱着书本，不忍睡去。

那些旧时光，时而欢快，没有尘埃；时而悲哀，带着怜悯。他的文字，和这个雨夜，让我觉得满足，满意，甚至有点感念上苍，给我一次阅读的机会。

每次这样让人迷醉的时候，我都欢喜得想笑出来，可是我不能笑，夜是静悄悄的，雨是慢条斯理的，孩子的呼吸是均匀而平缓的，我怕我的笑，吵醒了夜的瞌睡，吓飞了雨的精灵，搅和了稚子的甜梦。

我的思绪里有着一抹回忆，年岁里的青春，还有一点点遗憾，时常叩问我的心灵。

这样的春夜，也许十分适合回忆，将那一点点伤感，在雨夜的氛围里慢慢烘托到恰到好处，这个时候，把故事拿出来，好像就回到了从前。

譬如当年，拐角处，我遇到的一个紫衫少年，难得地安静走路，可终究我们都没有开口。多年以后获知对方的信息，我是欣喜的，少年已是中年，亦欣然，他问我，为何当初没有向他笑一笑，给他一点自信，让他可以跨过拐角喊住我，告诉我，愿不愿意和他做朋友？

可是我终究没有对他笑，他也始终没有喊出我的名字，多少年过去，我的心里还有他的位置，是为年少的回忆而留，而他呢？

我不知道，人生总是充满无数的未知和已知，时间才是伟大的作者，它能写出未来的结局。

而我只希望，今生把生命把握，将这短暂的生命旅途，走得丰富一点，饱满一点，快乐一点，缺憾少一点。

夜慢慢融到了星空里，如一个巨大的黑洞。雨也停了，一瞬间，天地间，只剩下我，苍茫间，我手脚冰凉握着一卷书，暗自思索着，这样的夜多一些吧，时光再长一些。

我喜欢这样的时日和夜色，我感到内心的充实和平静。夜深了，我关了灯，任凭潮水般的记忆带着无穷的困倦，给我一个绵长而美好的梦。

如果生活欺骗了我

我不止一次地告诉自己，要向前看，生活不只是回忆，还有诗意和远方。多少年，我这样重复地告诫自己，命运有时候不是按照自己的想法轨迹去发展，生活不是我希望怎样就是怎样，因为人世间还有阴差阳错，还有时运不济，还有命中注定，还有何必强求。

何必逞强，我就是最差的一枚又怎样，日子还不是照样地过。话像一阵风吹过耳朵，不断地盘旋、盘旋，再也忘不掉，我是最差的一个吗？黑夜里，我辗转反侧，我的手心都是汗，如梦魇一般，我害怕黑夜，因为我怕一夜无眠，睁着眼睛看黑暗的空间，我想我会疯掉。

我想我还是忘不了过去的辉煌与美好，枝头的花香，还有窗前的鸟鸣，回忆总是会镀上一层瑰丽的色彩，那时候的人物和景象都会出奇地令人魂牵梦萦。我知道，我还是在回头，眼眸里含着泪水，我已经长大了，在社会这个围城里，再也逃脱不掉，我能做什么，才能让自己好过一点，每天机械地重复有何意义，我开始思考生命的意义，谁说失败者不能思考终极话题。

大人们用统一的成功含义来定义任何人，包括我，比对后，恨铁不成钢地看着我，“唉，真没有想到，以前你是那么优秀，可是现在，真是……”

我讨厌这种论调，可是我也不停地在这种论调里沉沦。我是一个失败者，对，可是我不想背着重重的壳。我努力地踮起脚尖，只为更好地接触阳光。

我看着太阳地里，我的背影被拉得好长好长。我不知道这一刻的努力有什么意义，因为飞鸟飞过的天空，没有我的痕迹，看着周围一派欣欣向荣，我觉得自己融不进去，我还是走吧。

前面的路也许曲折，我要不要换一种思考方式，还有一种生活方式，常年积累的懒惰，此刻要挣脱壳子，是一件很痛苦的事情，我不知道我会不会一直流血，我要不要再尝试一次。

雨总是在这个冬天给我特别的冷酷，我再也撑不起一把伞，因为我的手臂已经麻木。我裹在黑色的长衫里，露出一双黑黑的眼睛，我不停地回头，我不愿意再往前走。可是我必须走，因为生活容不得停滞和麻木。我会被时光腐蚀，我走过悬崖，前面是一个好的出路，我想。

张开双臂，我飞了起来，越过对世间的不满，拂过对生活的冷眼。我越飞越高，我胸膛里充满了快乐，我终于找到了一刻欢乐，这刻欢乐足以让我嘴角微扬。我轻得如一片羽毛，在空中不停地舞蹈，我好久没有舞蹈，我想念这种飞扬。我的身体里只有呼吸，没有任何杂念，我扬起手臂，越飞越高，接近了太阳，太阳温和地看着我，将我的羽毛融化。我变成了一缕空气，在高空中不断降落，我落在了一片草尖上，从此小草有了无穷的生命力，因为它带着我的向往。

月不落

月不落（二首）

（一）

初现银装裹
淡然花飘落
千里乡愁何处诉
抬头仰望影也从
觅一青苔坐
轻轻风吹过
三千青丝眉头锁
恍然间珠贝落
祈福济世人
舞袖弄长空

苦辣酸甜多

(二)

何不梦一回

天长地久月圆人和

梦一回

哪年奥运零突破

今昔五环耀中国

念汶川

重建家园铁脊梁

月不落

万众一心雪灾过

天涯比邻真无隔

月圆梦圆家圆福运多

这首诗写于2008年的中秋时节，白鹭洲中秋晚会征集原创诗词。当时我感冒，一个人在屋里，桌子上放着朋友拿来的报纸，觉得一个人的中秋，心里有点异样，于是在报纸的指引下，我写下《月不落》，写下了我对团圆的祝福，多事之年，祈愿家人团圆，国家昌盛。

写完不久，白鹭洲中秋晚会主办方给我打电话，请我去参加晚会，并和许多诗人一起朗诵这首小诗，我受宠若惊，不敢推辞。

可是我的感冒一时不好，鼻塞惊人，说出的话带有一种齉鼻儿声，我只能和主办方商议，我会去参加，但是真的不能朗诵了，怕破坏了晚会的整体氛围和格调，这个罪名，我一个籍籍无名的学生怎么能担待得起。

依稀记得，当晚的晚会，我穿戴整齐，一副乖巧模样。我坐在观众席上，看着烟火四起，我的思绪不由得跑到遥远的唐代，那个时候，诗仙李白一定是畅游到了金陵城外，望到了长安，写下了咏史怀古的绝唱。

其中有一句“三山半落青山外，二水中分白鹭洲”。诗中写的白鹭洲，应该就是我此刻栖身的所在吧，不由得喜上眉梢，隔着星河，我竟然在李白游过的地方短暂停留，此刻诗仙李白又游到何处，是否会故地重游，是否会举杯邀月，对影几人？

这一年注定是不平顺的一年，我听着台上的祈愿声，飘过小河，河流载着深深的祝福，流向汶川，那里今天一定是温暖的吧。

以梦为马

昨晚突然刮起一阵旋风，继而转成狂风，树叶抖动，房屋好像也在摇晃。我突然觉得有点恐慌，不知道接下来要发生什么，因为我还有很多未完待续的梦。

我的梦是软的，连带着我的心，我的脚步是软的，我希望我可以快乐地和气球一起在天空中自由自在地飞翔。

我提着牛皮纸袋一样的盒子，里面装满了我的喜爱，有小时候在马路上拾捡的彩色糖纸，被儿时小小的手掌摩挲，有了一层时光的底色，淡淡的，岁月如歌。

里面还有我孩童时爬上树采的果子，果汁染了一个手帕，帕子上有了果子的精髓，天真的笑脸还留在白色的一块方布上，牵动着我的记忆。

粉色的小蝴蝶结，在盒子正中，带着甜甜的笑容，看着我，我僵硬的手开始发抖。那是多少年前，我从邻家姐姐那里要到的一个礼物，我几乎是带着哭腔，才拿到的一个我认为最美的花朵，那是我少有的公主梦，从一个小小的粉嫩开始。

玻璃珠子上有一层灰尘，透着光线，我看到我模糊的脸。这些我最宝贝的东西啊，我要一并带走，我要带着我的爱，远走高飞，飞到没有尘埃，没有挣扎，没有痛苦，没有压迫的另一重天地。

我有柔软的梦，心还是热的，我的手却已经冰凉，冬天剧烈变动的天气里，我保持着内心的暖。我知道，那一点点的温度，可以伴我度过寒冬。

我要我的梦慢慢开出花朵，在白雪皑皑的天地里，自成天地，有我还没有破灭的气球，在头顶上飞翔，好像插上了一对翅膀，带着无尽的憧憬，飞翔、飞翔……

我的身体已经变得机械而笨重，我怎么也飞不起来，我急得满头大汗，我只听到我有一次可以飞走的机会，汗水滑落我的脸庞，还有眼泪，我飞不走了吗？

我还记得我的梦是软的，可是我为什么飞不起来了？我突然觉得自己被禁锢住了，手脚都不再灵活，我的身体被裹住了，像一个巨大的蚕宝宝。

我已经无法流泪，因为我此刻觉得呼吸困难。

还怎么飞？还怎么飞？我声嘶力竭，我嗓子已经被堵住，发不出声音，我苦闷得想睁开眼睛，看一下是什么让我变得如此笨重？到底是生活，还是无形的世俗压力？我不知道，我没法思考，我觉得下一刻我会超脱，永远超脱出尘世。

我即将晕倒过去，我觉得我的眼睛已经睁不开了，我看到一抹紫色的云，正在我头顶游动。我看到一个人，他那么熟悉的笑容挂在嘴角，我看到他了，紫衫少年，对，就是他。

我满意地笑了，梦越来越沉重，我要跨越千山万水，去寻找一个笑容，属于他的笑容，那个笑容会伴随我一生苦涩而无聊的日子。

早晨，太阳光芒万丈地俯瞰着大地。我站在阳光下，觉得自己好像轻飘飘的，青丝飞起，我扬起衣袖，竟然飞了起来，越飞越高，远离尘埃，带着我软软的梦，远离人海……

十年之后，人生几何

十年，已经很长了，城市变了样子，乡村也变了样子，人呢？

人生是由几个十年连续而成，想当年坐在教室里听蝉鸣，老师总会苦口婆心，孩子们哪里知道时间不等人，一晃，十年就没有了。

小的时候，总喜欢幻想长大的样子，生活的模样，外面的世界。而长大后，却想念小城的炊烟，门口的蝴蝶兰。

年过而立，人生更是过得力不从心，世俗的杂念牵绊，金钱的追逐不断，各种物质欲望都像爬满袍子的跳蚤，无处不在，无处可藏，未老先衰。

夜不能寐的时候，不知道何处是故乡；潮湿的空气里，模糊得不知道是多少人的双眼。社会的纷繁和无奈，不再过分英雄主义地乐观，我反而念及过去的岁月。

我想，十年之后，我也许老了，可是我的梦想还在不在，我的人生会是我想要的吗？

我常常抱着思绪，任由自己去想，自由地想象，某个路口，时光回转，光线打在我的脚上，我迈开我的双脚，走向一个陌生的男孩。

我的人生会不会发生一些变化，或者陌生的女孩，我的朋友圈子会不会大一点。

我常常想，我这样一个十分规矩的女孩，如何变成一个不务正业的女人的呢？

有一个声音在说，我不认同你说的。

不管认不认同，我都有不快乐的一刻，对自己的现状不满意，会让我时刻责备自己。

于是生出许多气力，于是到处尝试生活的多种可能性。

忙而不乱，站而不慢，生而幸福，我想，我会去追逐一些眼前的、当下的幸福的。

抛开尘世间的一切，紧紧地关注自己的呼吸，眉心之间的一点烦恼，也随风飘散吧。

十年之前，就像此刻，那个时候，我坐在家里的葡萄树下，阳光一缕缕地随着风在我的身上晃动，明晃晃地照着我的心田。

我坐在藤蔓下，痴痴地想，大学里，第一眼，有个男孩，刚好坐在窗口，窗外的栀子花开满了一个天空，香味顺着打开的玻璃窗进了教室，我就在香味进来的时候，走进了教室。

我看到他，他也看到我，我们没有说话，都静静地坐在教室里。

我眯着眼睛想象着那样相遇的场景，脸上带着对爱情的憧憬。

十年后，我坐在花园里，蝴蝶翩飞，满园牡丹绽放，我再也眯不起我的眼睛，我也没有了对爱情的憧憬，人未老，心已荒。

垂柳依依，风拂面。我坐在柳枝下，什么也不想了，当下事足够我应付，心态已经发生太多变化，唯有对模糊的梦境有一丝丝的牵挂，路虽远，不辞劳苦，但愿我到的时候，梦在人还在，情永存。

遇到困难，没有什么大不了

人，从呱呱坠地起，就带着哭泣。有时候，我会不由自主地想，人的一生能有多少平坦的路可以走，那是怎么样的一段路呢？既然平坦，一定波澜不惊，一定顺山顺水，一定一马平川。

除此之外，是什么样的路呢？充满荆棘的人生之途上，是不是到处都是惊险，那是自己的路，又能怎样去避免，无可逃避。

在平坦和曲折之间，应该是一段缓和的转折。那个时候，自己的羽翼是渐渐丰满的，对世界是有些认知的，但是又不全面，想翻过山丘，去看一看那边的风景，汗水打湿了头发，忽然发现，还是一个山丘，而且还无人等候。

我就经历过这样的时期，略微带着骄傲，昂起的头颅里有着清高的笑容，我想，前方应该有路，而且还一路芬芳，我有这样的能力去看那一路的鲜花。

我本以为，前面的鲜花就是为了我的脚步而开放，我觉得我的指尖几乎要触碰到花瓣，可是荆棘到了，摔了一个大大的跤，满脸带着伤痕。

一开始，我以为那只是花朵和我开的一个小小的玩笑，我的心还是舒展的，带着可爱的脸庞，可是当我越陷越深，深不见底的天日里，我的眼睛里都是泪水。

那么漫无目的，一年突然有一生那么长，掐指算着的时日里，有着几千万个数字那样冗长。我努力地拉着带刺的枝干，我的手掌渗出了血，我感到掌心一股热流，我的身体突然就轻飘飘的了。

人生就这样进入了艰难的境地，我还没有看看花，还没有闻一闻它的香，我还没有将心灵在那里沐浴一番，就这样我的生活有了变化。

我不喜欢这样的变化，可是我没有办法。因为，我还要活着，如果要活着，就要经历风雨和干涸，也许过了这一段难熬的日子，就可以坐看风云，云卷云舒。

我安慰自己，谁还没个有难的时候。可是，上天，我能否请问您，可否将我的苦难减一些，因为我的身体渐渐地虚空了，我的泪也流干了，没有人可以商量的时候，是多么孤单，多么孤单的夜里，我的掌心还在流淌着鲜血。

原来任何事情，都是需要付出代价的，如生命的延续，都是伴随着无数的阵痛而来的。那么，我受的这些难，是不是可以将我的生命打磨得更光滑亮丽，而且符合我的心意。

我不知道，但是我知道，我站在楼台，看着外面的天，眼泪就顺着脸颊流了下来，我的泪是那么苦，好像心里有无限的委屈。是啊，生活已经够苦的了，为什么今天的清晨再给我添一把盐水，顺着我的眼睛洒下，是谁这样狠心，难道忘记了，我也是有父母的孩子吗？

我坐在草地上，抱着小腿，头埋在双腿之间。那一刻，我听到风呼呼地吹过耳畔；那一刻，我觉得玫瑰花丛的蜜蜂来回地飞，那一块玫瑰花糖已经在水里化开，化成一片云。一瓣花，还有我带着伤痕的心，也许只有我自己知道，那是一种不可言说的，生命体会，其实并没有什么大不了。

写作情缘

时光多半是一个顽童，往往能在流逝的光华里酝酿出许多感伤和回忆，带着酸酸甜甜的味道，让人欲罢不能。

细细算来，我写作已经有很多年了。大抵从我认字识字开始，那个时候，白纸上涂鸦的蚯蚓画，是我童年心里最真的表达，有一点稚气的故事。

浅浅的，可笑的，但是决不浮夸。课堂的铃声里，我听到了她银铃般的笑声，那个笑声陪伴了我很多年，我也是那样笑着，用尽了我童年的力气，还有明眸皓齿和青春年华。

渐渐地，我的生命里，有了花季和雨季，有了潮湿和甜蜜。我的脑海里有了幻想，也有了虚空，我的时间就是这样慢慢地溜走了，怎么找都找不回来。

慢慢地，我的笑容变成了花开的脆响。天空挂满星星的时候，我会盯着一盆花出神，想感受一下昙花绽放的刹那，是何等惊心动魄；我会凭栏远眺，看一看，我许的心愿，有没有被流星知道；有流星雨的时候，我会抱着棉被，在操场，从天黑等到天明，从清晨再到黄昏，只是让流星带去我的梦，告诉远方的人儿，女孩长大了，她需要王子陪她走遍天涯。

王子没有等来，我等来了高考的血雨腥风，压力无处不在，可是我依然会坚持在我的小秘密本上记录我的感想。

近来，无事，翻翻那些过往，那些疼痛的感受又呼之欲来，写作除了记录，还能清空心中的阴霾，无人可诉说的时候，写作就是最真诚的精神伴侣。

成年以后，更是感触颇多，没有了精致的本子，没有了花纹纹理的扉页，没有了精良的浅绿的内容，我反而不需要那样的小本子了，随意装订的本子，也可以肆意挥洒我的情绪。

比较而言，我也不需要安静的空间，三尺书房，甚至不需要往昔的那些奢侈的时空要求。

我随时可以写，不用本子也可以写，小纸片、小便签、写字板，什么都可以。

时间也相当随意，起床后，吃饭前，工作完，下班后，临睡前，什么时候都可以，时间也无须长短。

碎片化我也会乐在其中。那些文字，好像奔腾的河流，只要稍微给我一点时间，一刻闲暇的手，文字即可跃然纸上，那好像不是我写的，而是借着我，倾泻下来的。

如一首诗，如一幅画，只是我自己在看着，也不觉得孤单。

已经记不清从什么时候开始在电子媒体上涂涂写写，有一日，相当随意。没有刻意强迫，也没有任何催促，我就这样，开始写了起来，每写完，就发布，偶尔检查一下文字错误。

写着写着，我看到了更多的作者，他们笔耕不辍，很是辛勤。

我也是这样的一员，这样不图回报地写，到底是为了什么？

其实，喜欢，没有那么多原因。

喜欢啊，这是孩子经常回答别人问题的样子，他们仰起头，满脸稚嫩，单纯，纯粹。

买或者不买，他都告诉你他喜欢。

做或者不做，他都让你知道他的想法。

喜欢啊！

多么简单的几个字，每天重复出现在孩子的口中。而作为大人的我们，却羞于去表达自己的喜好，因为我们要忙碌生活，要应付生计，还要升级马斯洛需求层次理论中的层级问题，哪有那么多时间想自己的喜欢呢？那都是年轻时的胡闹，带不来半点好处，喜欢它做什么？

可是回过头来看看，那些深入骨髓的喜欢，可以给我们带来安宁，内心的平静和祥和，这一切难道还不够吗？

我觉得足够了，一生就这样有一两样自己真实的、切切地爱着的事情，那些无聊而贫乏的生活才不会那么琐碎，那么一地鸡毛。

我翻了翻我的写作记录，看着那弯弯扭扭的轨迹，这半年来，我在这里都记录了什么啊？

竟然已经写了几十万字，我看到了生活里的点点滴滴，感悟中的种种情绪，失落的、悲伤的，快乐的、舒展的，绝望的、颓废的，希望的、坚强的。

因为写作而发生实质性的改变，这半年来，夜里的辗转反侧少了许多，因为疲乏和劳累，已经让我没有力气失眠。

这是绝无仅有的奢侈，只有太悠闲才会睡不着，不管来自身体的还是精神的，足够忙碌，就会足够劳累，哪有闲工夫，夜晚数无数只羊呢？

生活是自己的，没有人可以代我受任何事情，只有我自己陪伴着我的心，我看到我的心。在这半年里，渐渐想明白许多事情，我看到我的身体得到了放松和自由的伸展，我看到了我为生活做出的改变，我还看到了笑容时常出现在我的脸上。

这些字里，有着太多随时随地的记录，有着身边的一草一木，也有门口的大黄狗，门前的小树，公交车上的拥挤，单位的忙碌，还有自我追求，不管不顾的坚决和坚持。

我想这都是我的生活，这些都是我的眼睛所看到的，我的耳朵所听到的，我的心灵所感受到的。

这些东西带着我的思想，带着我的温度，是无人可以替代的。

这样，就足够了。

那么时光继续往前走，没有听取任何人的挽留，我想，我也会继续往前走，虽然我心里的计划已有千万个。

来的去的，都是存在的，我会将那些美好的留在笔尖，将那些糟粕去伪存真地留在纸上。看着那些构成的即圆的世界里，月儿之上，有我望穿秋水的目光，希望那未来的路上，荆棘也好，坦途也好，我都带着一颗炙热的心，去拥抱生命，拥抱一切。热爱文字的心不减不灭，照亮我平凡的人生。

胡子拉碴的半生涯

在一张靠窗的桌子边，我端坐在那里，看着窗外青中带黄的树叶，我掐指算来，这已经是我来外地读书的第六个年头了。爸，这是您在外奔波劳累的第几个年头呢?

想着您现在一定坐在床沿，望着窗外，家里形势让您食不下咽，驾驶员当了大半辈子，您现在不舍又能怎么样呢?

没有白天黑夜，您一直在外奔波，赚的钱基本只够家里的开销，三个孩子上学太费钱了。

您从来没有想过，上学是一个如此长期的投资，三个孩子一茬接一茬的学费、书本费、生活费，每一沓票据，您必须付款才行。您好像一夜之间从年轻的小伙子变成了胡子拉碴脸。在我的印象里，您一直是年轻的啊，怎么现在是这样老了?

您这半生，从没有看您闲下来，喝茶聊天，都是急忙地整理行囊，急忙地回家探亲。您常说八九岁就背着弟弟妹妹挣口粮，十七岁去参军，前半生清苦，后半辈子能享福吗？您是没有想过的。曾经的日子是那么苦，常常吃了上顿没下顿，可是您却没有抱怨，走进营地，学起一门手艺，您说，一技傍身。

您就果然靠着自己的开车技术，支撑着整个家庭的生活。土坯房子里，没有床，也没有所谓的衣柜，您娶了母亲，有了我们。

您非常支持我们几个读书，您说时代不同了，光有技术也不行，还要有文化，我们都背上了书包，走进了学堂。

您说没有文化让您吃了不少苦头，这些苦头自己的孩子不能再吃了，您说不管男娃女娃，一律上学。

我就成了为数不多的，一直在读书的女孩。

您常常胃疼，因为驾驶员的饮食十分不规律，白天黑夜没有明确的界限，您只是默默咽下这些痛，希望我们都能有出息。

现在我们都已经长大，哥哥姐姐也已经成家立业，唯有我这个拖油瓶还一直在读书。爸爸，您看着外面川流不息的人群的时候，您会想什么呢?

您该歇歇了，该让我们好好孝敬您了。我们这一代人娇惯得厉害，您该放手让我们去探索世界，您要相信世界上没有平坦的路，孩子们也要经历该经历的，这样才能从清苦中走出精彩。

爸爸，您辛苦了，该刮刮胡子，好好睡一觉。明天，我们一起出去放风筝吧，您好多年都没有带我放过风筝了，是吗?

伤痕无须纪念

昨夜雨疏风骤，帘子后面遮着茫茫的夜色。清晨，密不透风的房间里，带着丝丝寒意，这好像不是春天的尾巴，反而是冬日的天。

粉色棉被盖不住一室的狼藉，破碎的玻璃犹然在侧。哦，那不是玻璃，是我柔弱的心，我听见，咔嚓一声，哗啦啦的，轰然崩塌的声音。

我受伤了，这些年的日子里，我无时无刻不在想，生活的意义到底是什么？是一个微笑，甜甜地映照在我空茫的心田里，让干裂的土地，长出沙漠玫瑰，枝枝叶叶喷薄着香气。是一个拥抱，将巨大的温暖，包裹我颤抖的身体，将我瑟瑟发抖的灵魂给予平衡，给予扶持，给予安慰，给予宽厚的理解和包容，让我苍白的心灵，不再了无生机，不再彷徨徘徊。是一个吻，刻在我的手心，时时告诉我，不管岁月如何流逝，而爱我的心，永不改变，多么好的希冀。还是一个空间，完全放开我，让我自由自在地飞翔，有多高就飞多高，好像有天大的本领一样。

可是，我没有得到微笑，我记得一张阴沉的脸，那张脸比夜色还黑，我几乎看不到光明，我也没有被拥抱，因为一块玻璃劈头盖脸地朝我的心坎上砸了下来，那是对我身心无比大的伤害，那是伤痕，在我的梦里，出现，像梦魇一般。

我必须要飞走了，我在夜色浓密的黑暗里，告诉自己。

女人啊，你的名字就叫弱者，这是伟大的莎士比亚告诉我的。可是，我没有相信他，我认为，女人靠着自己的双手，可以支撑一片，狭小而蔚蓝的天空。

伤，来得猝不及防，因为意料之外，才显得我的坚持是多么地脆弱不堪。

清晨还是来了，我猩红的眼睛，并不能说，那个伤，没有发生，所以我要记着这个伤痕，坚强得像个没事的孩子一样，笑颜如花。

车子上的音乐竟然放着：伤了心的女人，她怎么了，难道这是你想要的结果。

我彻底疯掉，这是多么应景的音乐，这是多么见风使舵的人生。

我竟笑了，这时候，我还是会笑的，这一点也不出乎我的意料。门外墙角的玻璃，好像一直都在，那是伤痕累累的过往，那碎裂的黑色花盆，好像还带着刺破手指的血，一滴一滴的。

这是真的，不能原谅的过错了，拿走墙角的玻璃，和那些黑色的碎片，不，我不拿，我要记挂着这样的时刻。

以免我忘记了，这曾经发生的一切，生活中的伤痕，风一吹就没有了痕迹，可是不妨碍的家什，却是无辜的，我想。

我拿着各种胶水，试图去粘贴一下这殃及池鱼的东西。

车子上，我靠着车窗，我不想说话，我闭着眼睛，没有阳光的阴天，我不想抬头看天。

我不能忘记，这样的一个晚上，还有这样的一个天气，这样的一个印记，是无法忘怀的了。

但是，生活还是要继续的，因为它是单行道，我的心里立刻涌出两行热泪，那些泪水里有着最抚慰的字句：一切都会好的，一切都会过去。

如风中尘埃，来的时候，呱呱坠地，走的时候，了无痕迹。人的一生何其短，既然不是仙，那就做一个凡人该有的尘俗乱世吧，这样一想，这些伤，也是好的，它在我的生命里，来过，也留下了，让我的生命不再孤独，它陪着我，警示我，后来的路，不会有第二个一模一样的伤痕。

走着走着，花就开了

多少次回头，有多少脚印淹没在尘埃里；有多少次梦回，一座没有烦恼的城堡；有多少年的磨难，可以换得生命的鲜花，我不知道。

我不知道的事情还有很多，我以为上学的时候把功课做好，读书的时候把书读好，毕业就有金灿灿的工作等着我去做。我以为工作的时候把工作做好，回家的时候就有暖和的被窝。我以为只要一心向着前方，前方一定是有花开的小道，然而我都错了。

我错的时候，心是痛的，面容黯然，我不知道我哪个环节错了，我在黑暗里摸索着前行，这样一走就是七年。七年中，黑色的夜盖住我失望的双眼。

七年可以做多少事情呢？我知道我做的是一直在探索，人生的路，很难捉摸，我知道，我只能不断地让自己变得强大，泪水和抱怨不能解决窘迫。

前行的路上，我做的事情就是不断地询问自己，我要什么样的生活？是高薪日夜忙碌而没有时间，还是淡然生活工资一般？还是既高薪又悠闲?

我一开始是想做后者的，可是结局是惨痛的。年轻的时候该流的汗，如果想躲避，那么就只能一直流汗，就好像怕苦是一辈子，不怕苦是半辈子一样。

如果在年轻的时候选择了安逸的生活，那么人生就是一眼到底的平凡。我其实对平凡是没有任何贬义的，因为我本身就十分平凡。

那我想要什么样的生活呢?

我的第一份工作是在一个制造类的企业，四班三倒，经常加班，常常穿得像恐怖片里的人一样，从头到脚地包裹起来，只有两个黑洞一样的眼睛，茫茫然地看着生产线。无尘服穿久了，人就会产生幻觉，一种周身不透气的仓促感随之而来。

出生产线的时候，拿掉口罩的一刹那，有一种解脱，紧接着进入恒温环境，呼吸不到自然空气的那种憋屈，让我很想哭。

这样的一份工艺工程师的工作在一年以后宣布告终，再高的薪水我也不要，我想自由地呼吸大自然中的氧气。我带着一脸的痘子，离开了所谓的高新技术行业。

第二份工作来得有点突然，以致我在短暂的考虑还没有结束的时候，招聘的人事变动，我的工作也迟迟没有着落。在社会上飘荡的日子，并没有激发我创业的热情，也许我本就是一个工作者，没有创业的能力，也没有相关的基础支撑。

第三份工作，我是有些珍惜的，因为在飘摇的日子里，我想，如果有一份稳定的工作，五险一金都有，正常的假期都有，便足矣，其他的我都不要求。从一出校门的心高气傲的我，变得十分好打发。

我妥协了，在一所学校里，安度我其余的生活。没有想到，这样一安度就是五六年，算是长期合同劳动者。

开始琢磨周围的人，工作认真负责，我很快获得了提前转正的机会，学校的生活很适合养养我的身体，也很适合调整我的情绪，四季变化的校园，落叶红花，学生陶冶着我的精神，我很快好起来。

虽然薪水不多，但是长长的假期足够我思考人生，我喜欢坐在窗台，看着外面的天，我想我的未来会不会好起来。

两年后，我评了讲师职称，换了工作岗位，一切并没有我想得那么糟糕。又四年过去了，如今，我正在准备我的副高职称评审材料。

回望过去的日子，好像人生的弯路是必然的，只有那些弯路，才能让自己看到不同的风景，只有那些挫折，才可以让自己静下来，和心灵独处。

找到自己的心，和心对话，试着按照心里的愿望去走，爱什么就去追求什么。不忘记运动，让我们能有一个强壮的身体，来承载我们美好的梦想。

人生就像撒满种子的羊肠小道，只要不断地往前走，认清自己内心想要的生活，挥洒着汗水，眼里带着希望，相信我，走着走着，花就开了。

不要管人生路上口袋里有多少财富，因为钱财是带不走的，多去丰富自己的思想，让自己变得坚强，相信我，走着走着，花就开了。

成人的世界里，哪有那么多的随心所欲，你有多努力，前面的路就有多美好。相信我，人生路上，花总是会开的，我们要做的就是，耐心等待，同时不要忘记前行和坚持。

第二辑　一路感动一路歌

济南的夏天

记得以前曾经学过老舍先生的《济南的冬天》，那一抹暖阳在冬日里尤其熨帖心灵。那个时候我想，四面环绕的小山将济南围起，唯留下一个缺，好像摇篮里的婴儿，也一定像极了母亲的怀抱，就那样听着窗外的树叶摩挲，竟然睡着了。

没想到，多年以后我和济南相遇，在夏天，这个空气喷薄着火山气的季节，我却没有失望，它和往年一样，灵动地款待着四方来客。

踏着乾隆的足迹，在四面画廊的长画舫上，看着湖水在眼下，在指间。大明湖畔的夏雨荷，穿越时光和一代帝王浪漫邂逅，生出许多韵事风流。我看着荷花含苞待放，有些枝头歇着蜻蜓，觉得现在不是现在，而是那段爱情的初见。

黄色顶盖上，一朵云，淅淅沥沥。夏家雨荷低头弄一张荷叶，水珠滑到她葱藕的指节，乾隆凌风漫步，一眼倾心，三步来到她的面前，指一朵滴着露水的荷。

我想多少烂漫的故事，是在情景之中。风和日丽的午后，雾气腾腾的清晨，落霞飞的黄昏，杨柳依依，四目相对，便是天涯共欢，一生太短。

大明湖给我的感觉，就是一段往事，隔着时光的帘，任凭你去想象，添点喜欢的颜色，都是乐事一件。

缓步前行，不妨去名冠天下的趵突泉，移步换景之美，这里也可以让你不虚此行。

最妙的倒不是那垂下来的柳枝，弄堂里的一支花开，而是泉眼汩汩而出的清泉，清冽可口，掬一捧水，顺着舌尖、喉咙，最后润泽肠胃，甘甜爽口，好像一湾清泉来到心底，带走了夏日的闷热和汗水。

灵动不过山水之间，一座城，因泉水而显得超凡。听说那眼趵突泉，流淌了几千年，看史料，那泉之高，叹一个妙并不过瘾。现水位下降抑或别的原因，我只见那泉眼突突地涌动着几千年的情怀，它爱着人间，化作凡间的仙子陪伴着这里的一花一草，一鸟一木，一石一阶一院落，一呼一吸一人间。

我喜欢趵突泉里面的风景，亭台楼阁回转无数，看着曲曲折折的蜿蜒之路，路旁的高高大树，好几个人都抱不过来，我想那棵小树刚栽种的时候，我是不是还是一棵草，三生三世之外，我可能只是一片羽毛。

这里，十分应景地形成一些泉水小池，孩子们在泉水里嬉笑打闹，好不畅快。

因而这里的游人络绎不绝，消暑观景实属最佳了。歇息时，就坐在楼阁之下，石台之上，亭子给我们遮挡，给我们阴凉，透过柳枝，穿过楼台，还有清澈的泉水，看着这里碧绿一片，畅怀之极。

偶遇易安焦居，看到李清照的居所，那些华美的词句跳跃着，临风作诗慵懒而才华横溢，一代女词人风姿绰约。

济南的风景在大明湖和趵突泉可窥见一二，炙热的大太阳没有遇到，临行前突发大暴雨，我觉得济南这留客的热情，像极了山东的耿直啊。

不虚此行，旅行在路上，发现不同的日常和景色，丰富我的双眼和思想。

我的父亲

很久很久以前，我想写一篇关于父亲的文章，那个时候，我的眼里都是光芒，对这个世界充满好奇，那一年，我小学三年级，刚接触作文，父亲便在我的命题里了。可是这个命题一直放着，因为我找不到合适的言辞来描写父亲，儿时，青春，已过千帆，直到近来，相处时间增多，关于父亲的话语如有了水源的泉眼，那么明快，那么急迫。

高大而模糊的背影，带着迷雾一样的猜测

我的父亲，在我童年的记忆里几乎是没有的，迫于生计压力，无奈子女众多，四处奔波，那便是我的父亲了。

关于父亲的一点记忆，都是从母亲喃喃的口中传出来，她说父亲是一个好人。

于是，父亲在我的心里就是一个极好的男人，他爱妈妈，所以要赚钱养家。那个时候琼瑶阿姨的戏很火，我就把爸爸想象成剧中的男人，

高大的，带笑的，还有一张温柔的脸。

妈妈带着我们姐弟妹几个窝在全家最大的一张床上，我们都搂着妈妈，寒冬腊月，开始暖被窝的时候，我们都期盼着她说点什么，那说话的主题永远是父亲，父亲是如何在黑夜里奔忙，我们穿的鞋子袜子都是父亲从远处带回来的，这样带着父亲从远方来的美好事物，进入甜甜的梦乡，梦里，父亲还带回来戏里才有的藕色连衣裙。童年的梦里，父亲总是高大的，在雾中一般。

他和我们相处的时间很少很少，就像一眨眼工夫，他就不见了。每次看到堤坝下面有车往来，就是父亲归来的日期，我们都翘首以待，站在堤坝顶，从早望到晚，倘若车子忽然停下来，我们的心都会提到嗓子眼。

天空擦着傍晚的黑，我们顺着堤坝往下跑，身后带起来的风差点将我们掀翻在地。我们没命地跑，只为从高处滑落到父亲宽厚的怀抱里，一下子，我们就扑到了他的怀里，他笑着将手里的包放在地上，一个个地举起我们。

像雨，雷阵雨过后，天晴了

父亲就这样被我们左右簇拥着上了堤坝上的草房里，他一直听着叽叽喳喳的我们说着一年的新鲜事，然后哥哥忽然爬到了爸爸的头顶，姐姐揽着爸爸的脖子，而我就顺势倒在了爸爸的怀里，童年对父爱的渴求，如雨后春笋，见到了雨，就疯狂长起来。

我们就这样圈着父亲，直到站了好长一阵子的母亲提醒我们，父亲也许带了好玩的东西给我们，我们才四散下来，翻开包裹，打开纸包，看到一个个小玩意儿蹦跶到眼前。

那是我见过的最早的陶艺，上面还隐约可见景德镇瓷器的字样，父亲为我们每一个买了自己的属相，那小老鼠、小猪、小狗、小鸡栩栩如生。

第二天，上学的路上，我们会拿出我们的宝贝，同伴免不了一顿羡慕，于是逗留长了，总会被发成绩单的老师打手板心，不是真的打，就是吓吓我们贪玩的心。

每个孩子都老实地把成绩单放到桌面上，父亲还在里屋睡着，我们大气不敢出，生怕吵醒了他，蹑手蹑脚地退出屋子，跑到外面玩耍去了。

傍晚回家，只听父亲在说话，话语听不清楚，我们几个就猫在外面，想听一听里面说什么。

忽然一个杯子落地，一地碎裂的玻璃，生生吓坏我们的心脏，只见我们的脸上腾地一下爬上了火烧云，烧红了我们的脸庞。

父亲发火了，难道是成绩单？我们个个惴惴不安，生怕挨打。父亲拉开木门，我们看到一张严肃的脸，他很高，我们低低地仰望着他，好像觉得头顶是一阵雷阵雨，父亲来了，雨就来了。

我们有点怕他，我们也不喜欢打雷下雨，我们会钻进被窝，捂上耳朵，瑟瑟发抖。

不过，根据我的经验，雷阵雨只有一阵子，很快就停了，这是母亲告诉我的。

果然，晚饭的时候，父亲和母亲在饭桌上，平和地吃饭、说话，我们几个也吃得放心。

那个时候，父母是很高大的人物，我们是不上桌吃饭的，更别说追着孩子喂饭吃了。那个时候，自己就要盛饭，自己吃，请母亲夹菜，我们老实、懂事、自立，而且充满幻想。

像风，来去无踪，好像武林高手

父亲，来来去去，好像总是在我们的梦里，以致成年后，我和父亲聊天，都无法自然。因为常年的内心对话，忽然人物出现，就在我的面前，我却什么也说不出来了。

父亲多少是有些尴尬的，可是他是要强的，因为这样的性格，也生出许多怨事，但是我们都不怪他。

可是怎能不怪他，怪他没有陪伴我们的童年，没有走过我们的青春。终究还是怪不得他，他渐渐老去的容颜，还有驼起来的背部，高大而模糊的印象就更加模糊了。

反而我们成年后，父亲出现在我们生活中的日子多了，他说，老了，跑不动了。

于是停了下来。生活已经不是当年的样子，而父亲的故事还停留在很久很久以前。他热爱国家，热爱自己的民族，国际间的新闻他都爱看，除此之外，他没有什么别的爱好，如果非要说一个的话，那就是老少皆宜，还很容易上瘾的麻将了。有时候，深夜未归，加上雨夜，我基本是睡不着的，也许我的担心是多余的，但是我愿意等父亲回来了，我再休息。

我爱他，可是却无从说起，也许是他那又烈又冲的性格，让我生畏，也许是他那随时可以起火的脾气，让我的心随时保持冷却。我爱他，可是我不能说，因为我怕我说了，他无法理解，那个时候，那个年代，爱是不能挂在嘴边的，我怕他骂我浮夸。搁浅了那么多年的命题，其实在我心里一直是个秘密，因为这个秘密，让我迷上写作，写那些好的不好的日子，陪我度过最珍贵的生活，凡是存在的生活，也许都是合理的，只差一个时间来分隔。

在西安

在西安四天五夜，行程满满，每天早晨六点二十起床，洗漱完毕，便开始一天的旅行生活。

这一次，是我第一次外出，纯粹是为了游玩。古城西安，坐火车十几个小时，下了火车是古朴的城墙，楼宇清雅，人山人海。

西安不像是我想的那样了无生机，反而到处是绿树荫荫。城墙内是城市，六百年前的明朝城墙仍然在时间的见证下保卫着城里的人。城外是郊区，被西安的老人们俗称为东郊、西郊、南郊、北郊。

第一站是西安世界园艺博览会，植物纷繁，花草或艳丽，或妖娆，或色彩缤纷，让人驻足停留，不禁俯下身子去闻闻花草的清香，去仔细端详一下花朵的艳丽。在这里疾步行走，走马观花的快意，都在春风得意马蹄疾，一日看尽长安花的意境里了。

摩肩接踵不足以形容人声鼎沸，长安塔下是迂回的排队等候进场的游人，天公不作美，淅淅沥沥地下着小雨。远处望去，仿佛是一条望不尽的雨伞长廊，此时忘却了自己身在何处，何处是队伍的尾端，弯弯曲曲，曲曲折折，我走了半个多小时，也无法探出队伍的出处。

无法信步前行，我避开人群，选一处幽静，登太极，看西安城，别有一番风味在心头。自然馆门庭若市，创意馆人群不散，我便无奈去别处玩耍，时间在细雨的拍打下没有任何快步前进的意思，可我们仍然觉得时间过得飞快。

美美地睡上一觉，睁开眼，群山环绕，驱车前往。华夏子孙的祖先在长安的黄陵县，轩辕黄帝的衣冠冢坐落在山间，柏树参天，有着五千多年历史的柏树在风雨洗礼中闪现着岁月的光芒。二十万守灵儿女在黄陵县守卫着我们的祖先，山上有八万多株柏树，上千年的柏树有三万多株，古木苍穹。

长安城里的故事颇多，随处可见功底深厚的文化底蕴，一草一木，一院一家，都可以将古往今来的事情谈上几天几夜，兴致不减。

西安，值得慢慢品味，古城有太多故事。不管是气势恢宏的秦始皇兵马俑，地下兵将千千万给人的震撼，还是华清池里杨贵妃的回眸一笑百媚生，六宫粉黛无颜色的千娇百媚，抑或是窑洞里的艰难抗战，一呼百应的抗敌决心。这里有太多历史，不是一朝一夕就能说完的。

所以，如果来古城，就不妨做一个长久的打算。住在古城里，偶遇作家的身影，也许还能在小巷里碰到贾平凹买酒喝，登门拜访一番，或许还能遇上祭祀祖先的盛典，穿戴整齐，在巍峨的高山之上，虔诚参拜，真诚感怀。

孩子，妈妈要和你道歉

我是一个喜静的人，喜欢安居一处，慢条斯理地揉弄我少得可怜的头发，喜欢摆弄窗台一直没有盛开的小花，很难想象如果我身边有一个孩子，我的生活会是什么样子。

可是女人终究要有一个孩子吧，找一个男人，有一个家，不管年少的以梦为马，还是看海听风的快意天下。

我踏进婚姻的门，生活的烟火呛得我眼泪直流，咳嗽胸闷，如犯病一般。

好在人大多命比顽石下的小草还柔韧有力。我在烟熏火燎的生活里，蜕了一层又一层皮，如蚕蛹蜕壳一样。

可是皮脱得还是不够，所以蝴蝶还没有翩然而至，我等着蝴蝶盼着窗台的花早点开。

也许我壳蜕得够了，小花不开，蝴蝶怎来？我把责任推给了花。

我的心里因此而好受一些，平凡的我，怎么能爱好一个孩子呢？

我爱孩子，可是我也会有好脾气很快用完的时候，我记得我责骂过他，甚至还用厚厚的鞋底拍打他的屁股，孩子哇哇大哭的模样让我无地自容。

我本身还是一个没有长大的孩子，我要去的地方还没有到，我脚尖踮起在够我的梦，可是这不能是借口。

我温柔地对待我的孩子，可是孩子会爬上我的头，我越是和颜悦色，孩子就越蹬鼻子上脸。

我知道孩子是在和我玩耍，我知道孩子可以看到我的眼里是慈母的目光，可是我总有发火的时候。

我的皮可能还不如纸，纸还有心包住火，我是一点没有让火在我体内停留片刻。每逢孩子在床上翻来倒去不肯睡觉，我的火是点点火星；当宝宝两行热泪滑过脸庞只为多看一集动画片，我的火是已经点燃的鞭炮，嘴巴连珠炮似的，孩子会立刻捂上耳朵，拒绝我的攻击。

我有时候也会问自己，我为什么不能对孩子多一点耐心呢？我对自己的耐心倒是足够多的啊。我一直默默工作，痴痴写字，我是符合自己心意的吗？

不符合呀，为什么我允许自己继续按部就班，却不能允许宝宝犯错试错呢？

我是一个急躁的妈妈，我是一个没有修养的妈妈，对吗？

今天是我的节日，孩子知道从书包里拿出一朵亲手制作的小花，他会说：妈妈，我爱你。而我呢？

我是感动的，可我也是内疚的，孩子一天天长大，我却不能给他最好的爱，最温柔的呵护，我是无力反驳自己无能的。

我爱他，可我是怎么爱的呢？他饿了，有饭吃；他困了可以入眠；他玩时，我在一旁观看；他看绘本时，我读故事，可是这远远不够。当他无理取闹时，我就开始有了火气，当他无法控制自己的脾气时，我竟然也无法控制我的脾气，我想我是一个菜鸟妈妈吧！

孩子，对不起，妈妈深刻反省自己，妈妈做得不够好，妈妈本来可以做得更好。

妈妈和你约定，妈妈会改，改到大火变小火，小火变火星，最后到心态平和地看你疯，看你闹，看你喜怒哀乐，陪你一起成长，好不好？

我知道你不会相信，或者抱着怀疑，那我们就立字为证。明年此时，普天之下谁不会提这个节日，我们在宏大的祝福主题里，再来看看，妈妈到底改了没有，妈妈希望说话能算话，真诚地和你说，宝宝，原谅过去妈妈的不是，妈妈第一次做妈妈，经验不足，给妈妈多一点时间，还你一个没有火气的妈妈吧。

珍珠项链

从来没有哪一天像今天这样，让妈妈的笑容里能有甜蜜的花香，她眼角的皱纹里，都是少女一样的娇羞。妈妈的脸颊微微泛红，她的嘴角上扬，笑容如碧波一样，荡漾在她和爸爸形成的湖面上，她今天为什么这样高兴，因为她的身旁站着的是那个掉光了头发，牙齿也稀疏了的爸爸，他亲手为妈妈戴上了一串珍珠项链。

这串项链，颗颗饱满有光泽，圆润的一串珠子，不知道有没有连着爸爸妈妈一生的相濡以沫。自记事以来，妈妈都是一个俭省的女人，因为过分节约，她错过很多次可以买首饰的机会，我记得妈妈曾经和我说过，当年爸爸拉着她的手到了首饰柜台，一问价格，可以够几个月的生活费，便如风一样，跑开了，拉都拉不住她。

她说，如果当时买了，现在还可以值不少钱呢。

不知道从什么时候起，妈妈心里竟然念叨着一串项链，每次穿新衣服，都暗示爸爸，也许有一条项链，会更好看。

可是我憨厚的爸爸只是说，这衣服已经很好看了，买那些不中用的干啥，一把年纪了，买吃的喝的比啥都好呀。

妈妈心里怪他，可是从来不说出来，想想一生不知道节约了多少金钱，独独忘了她自己，现在到了耳顺之年，想听听体己话，想一串珍珠项链绕在颈间。那泛着的珠光多少有妈妈年轻时候的样子，那一定是神采奕奕，那一定也是光彩照人吧。

其实妈妈一直想要一串金项链，据说在暗夜里能发出金光，我想肯定是传说听得多了，白银在夜晚能行走，遇到了一棍子敲下去，白银落地，落入谷仓，从此家庭兴旺，谷不生虫，家不愁钱。金子在夜晚能呈现飞鸟、神马姿态，如神马夜夜到你家的大水缸里喝水，不要惊慌，那是金马到你家了，从此家庭飞升，全家富贵。

妈妈说，她把家里的大水缸装满了水，从山外清泉运来，希望有一天神马能来，希望有一天白银能够撞到我家的门。

我妈说她没有穷怕，可是怕苦了孩子。每逢下雨，家里真是大珠小珠落玉盘，我们看着水滴从屋梁上滴在地上摆满的洗脸盆、洗衣盆里的时候，作为孩子的我们是有一种天然的快乐和惊慌的，我们希望雨滴继续落下来，又怕雨毁掉了我们的草房子。

妈妈希望有一串项链，系在颈间，这样能否多一点平顺，这样能否带来一丝财富。

随着岁月的流逝，妈妈的观念也在更迭，现在这串珍珠项链，带给妈妈的，是简单的快乐，是母亲的豁达，是妻子的满足。

广州之行

飞机缓缓地在地面滑行，我坐在窗口看移动的风景。太阳从东方冉冉升起，晨光铺在机翼上，太阳的暖除去了薄霜，淡金色的光像细粉一样一点点涂在机场的办公大楼上，偶尔有保安在地面上行走。

南京，我走了，去广州两天，看看广州的云朵。天气很寒，四五度的样子，加了层层棉衣，在飞机上倒是很暖和，我听到机长说：乘客您好。

等待早餐的间隙，我在满满的一栏推车饮品中选了椰子汁，慢慢地啜饮。

飞机在慢条斯理地滑行，突然加速，轰隆隆的声音使我的耳膜鼓噪得疼。飞机向上直飞，有冲天的气势，倾斜而上，积蓄了十分钟左右的能量，此刻在天空翱翔。

我握紧座位把手，轻轻地将头靠在窗子上，回味着飞机起飞的过程，如果人生的积蓄不够，一定无法起飞，终生在平地，碌碌无为吧。

雾和云在飞机的翅膀下，上面是瓦蓝的天空，蓝得让人心绪宁静，我感觉自己好像也飞了起来，脚下就是朵朵白云，我在云上展翅。在云中穿梭，阳光透过云层给我七彩衣裳，我在云上起舞。两个小时的行程，不知不觉就结束了，下了飞机，有专车来接我们。我们住在广州的凯旋华美达酒店，从全国各地来的学子们都在这里相聚。

我们在大厅的等候处，看到国旅的金牌导游拿着礼品，分发给我们作为见面礼，我们欣然收下，同时表示感谢。

我们是来自全国十个城市，每个城市有两名学生组成的特训营，同时我们也是所在城市每组比赛的冠军，所以这次的活动由主办方赞助出行全部费用。

对我这样一个没有出过远门，没有住过星级酒店的女孩来说，无疑是大开眼界的。领到房卡之后，打开门，我看到布置精致的房间，大大的吊灯下面是一个书桌，还有几本文学杂志，我欢喜极了。浴室里有浴缸，玫瑰花瓣，有香薰蜡烛，这对我而言，是新鲜的。

午餐在一楼的自助餐厅，大家零散地坐着。我挑了些主食，吃了一杯奶油冰激凌，童年斑斓的色彩在甜点里出现，周围人才济济，气氛非常好，我就像一个局外人，突然闯进来一样，一切都是新奇的。

我和同学们很快便认识了，在下午的培训会议里，我在黄组，和我同组的是来自同济大学的上海女孩。我见识了北京大学商学院才女的发言，也看到了浙江大学人的包容和博大的胸怀，武汉大学的“九零后”朝气蓬勃，还有吉林大学的学子大方而有胆量，我仔细地听着他们每一组的发言，我顿时觉得自己渺小起来。

我们在广州相聚，我们分享心得体会，我看到每个学生都是那么优秀，有扎实的专业知识，有广泛的爱好，上知天文，下知地理，关心时事，讨论当下的那种气势，我好像看到未来就在他们身上。

欢迎晚宴上，没有酒，是各种茶，吃饭前问：“您喝什么茶？”

这也算是广州的特色吧，席间我们品尝了很多地方美食，我也听了很多不曾知道的事情。晚上我们一起夜游珠江，途经中山大学，中山大学门口，很多阿姨在跳广场舞，我们笑成一片，大妈们这是要攻占中山大学呀！

泛游珠江，船开得很快，每个小桌上都有一些点心，我们却没有时间吃东西。我们站在船头，扶着栏杆，看江上的风景，像扭开一个开关，刹那间，一股从未有过的风吹开了心里的一些障碍，让眼界开得更广了。

第二天，我们一起参加特训营的活动，在活动中增加了对彼此的认识，我知道了每一个同学的名字，我记下了大家的联系方式，活动之余，我们积极地建立讨论群，分享这次广州之行的感想。

我们在广州小蛮腰下面比剪刀手；我们在广州一号对着蓝天大声呼唤；我们站在美食街上，大声欢笑。这一次，我们是那么放松，没有比赛，只有真诚的快乐。

广州的白云和南京的白云似乎是一样的，不一样的是这里的风土人情，不一样的是我在这里遇到的不同的人，不同的风景。

就如歌德所说，真正的探索，不在于创造更多的机会，而在于触及更深的心灵。泛游珠江之上，我的心灵是受到触动的，这一次广州之行，是值得纪念的。

兵哥

我的哥哥，扳手指数不过来，兵哥就是其中一个。兵哥，不是当兵的，当时舅舅和舅妈给他取这个名字，是想他如军人一样坚强，勇敢，他也真的如所期望的那样，在时间的磨砺中，越来越独立自主，越来越勇敢拼搏。

兵哥中学读完，就被社会的旋涡吸引去了，他被裹在洪流一样的打工浪潮里，再也没有踏进学堂半步。他说他不爱读书，但是有一年寒假，他却塞了一本玫红色的软面抄给我，让我好好学习。

在我的印象里，兵哥是一个脾气极好的人，他喜欢爽朗地笑。他极孝顺，每次从远方回家，都会捎来一些好吃的果子、糖、点心给姥姥。而我刚好寒暑假，总是赖在姥姥家不走，兵哥家就住在姥姥屋后，于是我们又有了许多话题。

我说山上的果子落了，梁上的燕子飞来了，门前的蝴蝶花开了，他只是安静地听，听完，他从口袋里掏出一粒彩色的糖，塞到我的手里。我接过来，打开糖纸，窸窸窣窣的声音，我就听不清他说什么，我嘴巴里吃着远方的糖，看着庄子里的庄稼绿了满地。

兵哥说，明天他就要去厂子里上班了，我问，上班好玩吗？

他半晌回我：上班和种地一样，一点也不好玩。可是又没有办法。

我竟然天真地劝他，那就别上了呗。

又一年放假，妈妈带着我去姥姥家，大家都喜欢称呼我蛮子吵店，因为我所到之处咋咋呼呼，十分闹腾，吵得店都没法做生意。

我很不喜欢这个称呼，他说，这个称呼挺好的，因为这样才有活力，我便欣然接受了这个美名。

兵哥真的不再打工，他不喜欢寄人篱下，他想要有自己的一片天，他在打工的时候，默默学会了切割玻璃，配备尺寸，进货、送货、发货，一整套的流程都记在了他的心里。

他就辞了工作，回到家乡，开始创业，我知道兵哥一定会生活得很好。

果然他娶妻生子，一切都如预想的一样，嫂子贤惠美丽，还兼带着一股文艺气息，应该很符合兵哥的心意。

他们开始了男主外女主内的家庭生活，他十分疼爱嫂子，把嫂子宠得像个公主，我便误以为所有的婚姻都是如此美好的。

每次放假路过兵哥的小玻璃厂，我看到嫂子在灯下划玻璃，兵哥放广播，里面唱的《红豆》，十分动听，让人陶醉。

我以为这样的生活会一直延续下去，谁知经济的风向说变就变，玻璃厂的生意不像歌曲里唱的那样，一路顺风。

玻璃厂濒临倒闭，他收起了他的茶杯，关闭了仍然哼唱的广播，低头默想。

也许还得继续打工，因为家庭需要经济来源。

这次他决定学一项技能，一技傍身，几千年没有变过，他这次选择了驾驶。

这一次转型，他的生活发生了很大的变化，好在前期有些积蓄，买了房产，有了住处，不用担心房东涨价，也不用担心经济的大风刮倒了自己的家庭。

他再次站起来，以一个无比勇敢的姿态冲击社会的大浪，我想他是坚强的，不做逃兵，他就是一个士兵。这一次，他成了厂子里的排头兵，当他拿起许久未拿起的毛笔，还是能写下遒劲有力的大字，因为他有梦想，但是他更要看清当下。

他奔波于几个城市之间，成了搬运工，他脸变得黝黑，还胖了一点，我却有点心疼。当年那个意气风发的男孩，一股脑儿闯进社会的少年，如今变成了青年，我叹时光飞逝，我也叹命运弄人。

好在，兵哥一路走向了厂长的位置，原来在兵哥的征途里，厂长似乎是他的归宿，这样他可以坚守自己的内心。

我开心极了，每次看到他，我都喊厂长，厂长，可惜厂子又开始走下坡路。

我懊悔是不是喊厂长了，所以厂子又时运不济，更觉得对不起他。

我不明白人生可以有几次挫折，但是我可以肯定兵哥遇到的绝对不是一个。

厂子渐渐没落，实体经济的路不算好走。

兵哥又一次面临选择，有一次兵哥问我电脑怎么弄。

我才恍然知道兵哥一直用他坚强的外壳去抵抗外界的一切坚硬和随时可能飞来的石头。他这一次要学办公软件，从最简单的打字开始，他开始写心得，开始听课学习，这一次他要作为新公司的代表分享学习企业文化的感悟。

可能别人觉得这些有什么值得说的，不就是一个分享会吗？可是这对于一个没有上过大学，没有接触过计算机的四十多岁的人来说，是多么难得。他能短时间内学会这些，说明他的学习能力一直不弱吧。

我想人生对每一个人的态度都是一样的，我想兵哥他顽强地生活，认真学习未知领域的样子，和士兵攻克一个又一个困难有什么两样呢？

他就是我的兵哥，那个善良、孝顺、不抱怨，直面生活的种种挫折的他，是我最真最棒的表哥。

写到这里，我眼前浮现的是那本玫红色的软面抄，我在上面记满了我的日记，我记得上面有一句特别标注的话是这样说的：昨天已经过去，明天几多风雨，唯有当下的今天，才值得去慢究细品，珍惜今天，就是珍惜自己。我想这一定是他告诉我的，因为他当年也是一个有梦想、有情怀的男孩。

兵哥，愿未来如你所想，一定如你所想，因为你不只是想，你一直在努力着。

姥姥

一说到姥姥，我就想起我小时候，坐在一棵老槐花树下剥花生米，姥姥的手就像枯树枝一样，她告诉我怎么弄不伤手，我哪有耐心，扔下手里的花生，一溜烟跑开了。

一

为什么一提到姥姥就会想到老槐树和花生米呢？因为每逢春天槐树开花时，她老人家总会从庄子里来到我家，和奶奶一起打槐花，我们有的用长树钩去够槐花，有的索性爬到树上去，姥姥就在树下，摘槐花，慢条斯理，不紧不慢。我抹了一头的汗，伸手去拿，树刺扎了我手心，姥姥拉过我的手，帮我挑刺，那一双手，干燥得很，手上的皮和老树没有分别，我笑呵呵地看着姥姥的手，又看看那棵老树。

春天吃槐花团子，吃韭菜盒子，觉得春天都是姥姥的味道，到处都是美味的空气，闻一下，就可以抱着月亮睡上美美的一夜。

姥姥的槐花团子最闻名。一到春天，我们家宾客盈门，小孩子们都挤在门口，看着灶台上的槐花揉成了圆球，眼睛里都冒着光，孩子们的妈妈都在院落里叙旧，说我去年还小不点呢，今年就爬树了，说着不知怎么的就哈哈大笑起来。

炊烟袅袅，姥姥端出一大篮子冒着热气的槐花团子，小孩子们一下挤到篮子旁边，妈妈们齐转头看那盛况，那一个个雀跃着的脑袋可真是圆圆的呢！

哎哟，好烫，好烫。

有心急的家伙拿起来就塞到嘴里，姥姥看着大伙的吃相，也咧开嘴巴笑了，姥姥的脸上皱纹很深，一笑就像带了一个面罩，上面都是纹路，纵横交错，原来那是年轮。

二

姥姥一生有七个孩子，听妈妈说她没有见过姥爷，那个年代饥荒多，姥爷不知道生了什么病，就没有好起来，妈妈是最小的那个。

姥姥一个女人带大这么多孩子，真的很不容易。可是姥姥说，哪有什么不容易，不都是这么过来的。

姥姥说，年轻的时候，她带着大舅二舅去劳动，拿工分，让妈妈去打猪草。那个时候，虽然忙，可是有饭吃，虽然早上喝的粥都是可以看到人影的，但是却觉得肚子里有米了，干活有力气了。

我不能理解一粒米怎么会那么有力量，饭桌上，我吃饭的时候，掉下来的饭菜她都会捡起来，一边捡一边说，这真是浪费啊，这要是在当年可以救好几条人命哩。我怎么能懂她说的，继续掉我的饭，姥姥继续捡，有一回姥姥竟然落下了泪，我吓坏了。

我停下碗筷，看着姥姥，不敢说话，姥姥擦擦她的眼睛：没事，没事，姥姥就是想起你妈上面的一个小姐姐了，姥姥没有本事，把你姨给活活饿死了，姥姥不中用啊。

我不敢言语，不知道为什么姥姥那么心狠，把一个好好的人给饿死，那时我刚读书，知道了一些生活常理，对死有模糊的恐惧。

姥姥抱着我说：你妈妈命大，有树根吃，有红薯秧子，那几根秧救了你妈的命，可是你姨……

说着姥姥背过脸去，生命如草芥，我不知道姨的命竟然不如几根红薯秧子。

我心里有点毛骨悚然的感觉，晚上睡觉也睡得浅了，梦里常常在找叶子，到处找，还拼命地想看看我姨的样子，告诉她，我找了好多好多叶子，红薯的叶子。

三

我渐渐长大了，开始每天读书写字。姥姥看到我读书，走路都没有声音了，她很崇拜会读书写字的人，小小的我竟然成了她崇拜的对象，我受宠若惊。

等我写完，姥姥就会拉着我的手，摸摸我的头，她的眼神里都是期许。

我告诉姥姥：读书写字很有趣，姥姥您叫什么名字，我教您写字吧！姥姥摇摇头：我哪里会那些东西。

姥姥您叫什么名字，按照我写的描就行了，我拉着姥姥。

姥姥颤抖的手摆摆，姥姥哪行，姥姥是个粗人，你好好上学，现在女娃上学还是少啊，你有机会上，要好好上，读书识字了，以后就有出息了，不要像姥姥，没有本事，一辈子没有出过庄子啊。

“姥姥您想去哪，等我长大，带您去啊！”我乐呵呵地许诺，哪里知道我是一个不中用的女娃。

大学没有读完，我姥姥就去世了，当时我正在考研，家里人瞒着我，没有让我回家奔丧，等我拿到了录取通知书，才知道她老人家已经去了。我的泪水滴落在那张纸上，我觉得我欠姥姥一个诺言，关于出庄子到外面看看的诺言。

家人安慰我，姥姥是年岁已高，去了是最好的，生老病死，要依顺自然规律，我在地上，长跪不起也是不对的。

妈妈搂着我说：孩子，你考上了，姥姥在天之灵是知道的，你乖乖的，不要胡闹。

我哪里是胡闹，我只是想拉着姥姥的手，我只想告诉她，我想带她到外面走走。

四

姥姥走前，做了一个梦，那天我从学校回家，妈妈坐在槐树下，看着村子里的稻谷。

姥姥告诉妈妈，自己命不久矣。

梦是这样的：姥姥和三舅舅一起，赶路。

途中经过一条河流，河流湍急不止。姥姥说，三子，我先下去，看看深浅，姥姥就　着河流到了对岸。姥姥说，三子，水不深，快过来吧。

三舅舅就脱了鞋子，下了河，可是河水却淹没了三舅舅的腰，淹没到了脖子，片刻头也淹没了，姥姥急忙下水去拉，可是她的身体好像被人定住了，姥姥眼睁睁地看着三舅舅顺着河流，沉默不语。

三天之后，三舅舅病重，走前拉着姥姥的手：妈，我先到那边，您不要伤心，妈，我去那边看看爸过得怎么样。

姥姥没有哭，她如花似玉的年纪送走了姥爷，眼泪已经哭干，看着七个孩子，她只能负力拼命，可是现在却要送走爱子，她的心里苦极了。

没多久，姥姥早晨还晒了太阳，穿上漂亮的新衣裳。第二天早上，妈妈去二舅家看她，给她带了好吃的红烧肉，可是姥姥却像睡着了一样，虽然骨瘦如柴，却很宁静，她走得安详，没有痛苦，好像生死在姥姥眼里早已没了轻重。她养大了子女，她抱大了孙子，她孤独的小屋，门前的小草绿了又黄，屋梁上的燕子来了又走，年年岁岁，没有周一到周五。姥姥白了头发，掉了牙齿，眼睛模糊，可是头脑还是清醒的，她只要摸到我的手，就会笑，就会说：我的好孙，乖乖读书哇。

那一年，姥姥 93 岁，旁人都说姥姥高寿，可旁人哪里知道姥姥的辛苦，姥姥常常坐在老槐树下：我不敢老，不敢病，我不能倒，孩子，姥姥这一辈子苦，苦得没有头，好在都过去了，姥姥也该享福了。

我傻呵呵地说：我们都会好好孝敬您的。

谁曾想姥姥说的享福是去另外一个地方，开始新的生活呢。

五

姥姥生前告诉我，她没有名字，姥爷姓孙，她便是孙氏。我看那一片庄稼地旁，姥姥的身体躺在那里会不会冷，夜莺会不会为她歌唱。

不知道另外一个世界里，姥姥有没有找到姥爷，三舅舅有没有为姥姥找一间茅草屋，姥爷有没有为姥姥擦去当年的泪，告诉她当初走的缘由。

姥姥没有留下一张照片，一张也没有，我每每梦里见到的她的样子，也是成年以后，她斑白的头发，瘦弱的身体，姥姥很高，即使年岁高，弓着腰，也比我高。

妈妈说，姥姥是一个美丽的女人，可是岁月却让一个美人儿独自养大七个儿女，那美丽的样子早已被岁月洗礼。我喜欢姥姥，也爱姥姥，没有哪一个老人像她一样，有无穷的爱，她爱我们，满脸慈爱，看到她，我们就宽心放心。

姥姥，愿您在天堂一切安好，还恢复了年轻的相貌，和姥爷在天堂好好地相依相守，种花养狗，过一个好的人生，不要惦记孩子们，也不要想念孙儿们，过一个属于自己的生活，只为自己。

姥姥，愿您安好，安息。

妈妈说，她已经65岁了

那天，天寒地冻，我哆嗦着走在回家的路上，我想把手里的花藏在怀里，因为我怕雪花飘进花朵里，那是一束娇艳的玫瑰花，一如妈妈曾经怒放的青春，那样炙热，那样美。妈妈的生日，我想她已经忘记了。

到家时，天大黑，我进屋寻找妈妈的身影，她几十年如一日地在厨房耕耘她的一生，无怨无悔。

我推开门，从身后抱住了她，妈妈炒菜的手抖了一下，旋即恢复了正常，佯装生气，干啥呢，多大人了，赶紧洗洗手，准备吃饭。

我听话地出来，将花放到花瓶里，看着花朵出神，我想花期短暂，人生呢？

妈妈端菜出来，菜香弥漫，妈妈还是闻出了不同的香，什么东西，怪香的。

我接过妈妈手中的菜，妈妈，祝您生日快乐，我还有礼物送给您。

妈妈打断我，过啥生日，俺一辈子没有过过生日，能吃饱穿暖，能活着，就好了，整那些个没用的干啥呢。

我立刻妥协，因为我知道，妈妈后面会给我讲关于她那一辈的苦难生活，还有说没就没的鲜活生命，因为饥寒交迫，因为食不果腹，因为时代命运。

我懂，妈妈，啥也没有，就是花还挺艳，超级便宜，基本没有花钱。我说的礼物，其实，就是带您出去享受一下，买点您一直舍不得买的东西。

妈妈立即打断我，买啥，享受啥，我现在啥也不缺，今年，我都65岁了，一辈子，我也琢磨透了。

当妈妈说，她今年都65岁了，我突然觉得鼻子一酸，特别难受，我从来没有觉得65岁有多大，可是从妈妈嘴巴里说出来，轻飘飘地入了我的耳朵之后，我却想哭了。

我突然觉得自己，还没有成功，妈妈怎么就老了呢?

我突然觉得自己，还没有拿得出手的事业，妈妈年纪怎么就这么大了呢?

一事无成，或者说仍然不富，曾经海阔天空地想，等我有钱了，我要带妈妈去外面的地方转一转，看看那里的天空和人群。我曾经大言不惭地说，我要带妈妈到处旅行，骑马、潜水、飞行，体验不同的生活，可是当妈妈自己说，我已经65岁的时候，巨大的梦想和现实的裂痕，来不及弥补，我妈妈竟然就要向人生七十古来稀走去，我的心真的开始扭作一团。

妈妈不停地让我吃红烧鱼，吃糖醋小排，吃虾仁，剥掉外壳的虾子，我竟然毫无食欲，我强咽着要滴落下来的眼泪。

妈妈问我怎么啦，是不是不舒服，我胡乱将责任推给了鱼，哎呀，今天鱼刺有点多，我好像卡住了。

晚上我翻来覆去睡不着，妈妈的那句话一直在我的耳边，一遍又一遍，千遍万遍的，将我的睡眠拿了去。

我下定决心，务必要将曾经对妈妈许下的诺言，带妈妈到处看看的念想，从今天开始实施起来。

决定仍然是容易的，可是平凡的生活依然很快将动人心魄的决定变成泡沫，因为忙碌成了凡人的一种生活状态。

直到又一次，我晚上回家很晚，我以为妈妈一定睡了。我轻手轻脚地进屋，家里为我留了一盏小灯，昏黄的，像夜的眼睛。

我靠着这双夜的眼睛，走进客厅，妈妈打开门，露出欢快的脸：孩子，我才知道有一种鱼没有刺，我买好了，明天早点回来，我做给你吃啊。

我，我的疲惫感，被妈妈那张带着笑意的脸瞬间定住，我想我的脸是僵硬的，可是我的内心，如初春破冰之水，将我的心田荡涤得一点尘埃也没有了。这个世界上，只有这毫无杂念的母爱，明媚如暖春的笑，才能融化掉我几十年对人间的误解。妈妈，一个目不识丁，一个毫无方向感的老人，她是如何向卖菜的人打听没有刺的鱼，她是如何蹒跚着过马路，去寻找那种鱼，那些画面，让我内心柔软到极致，让我想趴在妈妈的怀里，留下婴孩般的眼泪。

妈妈竟然能让一个奔四的，脑海被五花八门的内容充满的斜杠青年，卸下全身的刺，安然地接受她的爱意，这是多么不容易。从此我对那满是皱纹的脸，能融化掉我的心的妈妈，奉为神明，我爱她，可是我从来没有发现，我的妈妈，是那样美，她那满头的白发，就是她周身的光芒呀。

我爱她，爱她的无私，爱她的真实，爱她的朴实，爱她的一切，因为她给了我生命，因为她让我明白，人生苦短。

从那以后，我发誓要从此刻开始，去实现我的诺言。

于是，我去哪里，都会把妈妈带着。妈妈虽然对现代信息完全不懂，可是她有欣赏花朵的烂漫，她有看云时的恬淡，她有看秦淮河的回忆，她相信白蛇仍然在雷峰塔下，她认为九华山上有神明，她喜欢三世佛，她去开福寺，她信佛，我信她。

父母在，不远游，母亲在，我陪她远近皆可。

她喜欢拍照，我就站、坐、跪、爬，为她拍出好看的照片。她说，这些都是闲时可以翻看的，如果能看懂书，她愿意书不离手。

我不知道她到底有多喜欢文字，但是我知道她把我们给她做的相册翻得破旧，她喜欢和儿女在一起的时光。我的母亲，是一个简单的母亲，她的幸福来得简单，于是这样简单的幸福，我为什么要等到有钱，等到事业有成才去帮她实现。

我能做多少，先做多少，岁月不饶人，我珍惜和妈妈在一起的每分每秒。

希望妈妈的余生，是我相伴的，有花，有草，有海，有飞翔，让妈妈可以幸福到永远，永远没有结束的点，因为她身上笼罩着一束光，那束光的名字叫母爱，母爱永生永世，永不破灭。

妈妈，我爱您，您哪里酸疼，一定要和我说，我给您揉，我给您搓，我带您锻炼，我陪您爬山。愿天下母亲健康长寿，让做儿女的能给您尽孝，看您微笑。

您就是人间最美的花朵，您就是人间最美的风景，永远的风景。

她的声音

记得十多年前，我刚刚高中毕业，等待大学录取通知书的时候，我是焦灼的，我想知道我志愿里的学校是什么样子，我想知道我要去的城市是不是很美。

等待终于有了结果，我几乎是迫不及待地打点行囊，早早地买了车票，夜里也睡不着了，可能盼望得太热烈了，我失眠了，那是我少有的失眠经历，到现在我还依稀记得。

那天迎接新生的车子，上面挂着横幅，生怕新生找错了学校，找错了车子。我的行李被学长接了过去，坐在校车上，看到外面呼啸而过的风景，心里有点莫名的混杂感。

是对陌生的环境既期待又有点胆怯的复杂情绪，下了车，第一次看到高高的围墙上的绿色植物，像一面墙，后来才知道那是爬山虎。

大学的生活就这样被绿色的高墙开启。那一夜，我翻来覆去睡不着，和宿舍的女孩还处于点头之交的状态，深夜推一推旁边的床告诉她我睡不着，估计会被一脚踢下去，我只能自己消化这夜里特殊的际遇。

还好，我手边有一个耳机，戴在耳朵上像个机器人的那种，黑黑的，如化不开的夜色，我拨弄了很多电台，直到深夜来临，突然一个很空灵的声音在我耳边响起。

我停下来，闭着眼睛，不去管能睡着还是睡不着。她的声音干净、简单、纯粹，即使是呼吸的声音，通过电台，也是极好听。

我开始想这是一个什么样的人啊，怎么可以有这么好听的声音，这个声音就像一个魔力的盒子，牵引着我，我竟然在那个深夜，被她的声音感动哭了。现在看来，我真是一个多愁善感的女孩，因为开心的事情流泪，也可以因为美好的声音流泪。

我不仅仅是因为她天籁般的声音而哭，而是那天，她用她那独特的声音，读了一篇三毛的《不死鸟》。那个时候我对三毛是知道的，可是还没有机会拜读她的书，就在那晚，我听到了这样的故事，我好像看到了三毛和荷西他们的生活，还有三毛的脸。

我开始喜欢在夜里听她的声音，不知道是因为她的声音，而喜欢听故事，还是因为故事而更加爱她的声音，她声音读到动情处，有百转千回。记得我听到“荷西从身后绕上来抱着我，直到饺子上桌子了才放开”我就眼圈发热，热泪滚烫地滑落到我的脖子，她的声音还在流动，我的感情小河开始波涛汹涌起来。

一年多前，有份刊物嘱我写稿，题目已经指定了出来：

“如果你只有三个月的寿命，你将会去做些什么事？”

我想了很久，一直没有去答这份考卷。

荷西听说了这件事情，也曾好奇地问过我——“你会去做些什么呢？”

当时，我正在厨房揉面，我举起了沾满白粉的手，轻轻地摸了摸他的头发，慢慢地说：“傻子，我不会死的，因为还得给你做饺子呢！”

讲完这句话，荷西的眼睛突然蒙眬起来，他的手臂从我身后绕上来抱着我，直到饺子上桌了才放开。

后来，那一夜，我竟然睡着了，还做了一个香甜的梦。

我爱上了这个声音，因为这个声音，我开始读三毛的书。《滚滚红尘》里，我看得如痴如醉，因为阅读，我喜欢上了文学，少年时敏感的心也开始慢慢爱上了写作。

记得当年英语老师问我以后的梦想是什么，我竟然毫不犹豫地说：I want to be a writer。

我记得英语老师当时迟钝了一下，她说什么我记不得了，可能是觉得我一个学工科专业的女孩子，怎么想当作家呢？实在费解。

可是我就是那样说了，后来的生活经验告诉我，那其实只是一个梦。

充其量，我是一个作者，每天和文字为伴的生活里，我能感受内心的快乐，仅此而已。

我喜欢听她的声音，每次听到都有一种抚慰心灵的作用。记得有一次，她要到我们学校里做客，做一期节目，大家都踊跃着想去讨个签名，或者混个脸熟，我却迟疑了。

我不想破坏她在我心里美好的形象，那天我站在窗口，看着舍友们开心而归，我心里竟然没有一点失落和伤心，我只要喜欢那个声音就好了。

我喜欢声音在黑夜里，在我耳边响起，在我心湖激起涟漪，那已经足够美好，我不想太圆满。

小满就很好，我的心是小小的，很容易满足，于是一场恋爱就可以一生一世。我的生活是简单的，于是粗茶淡饭，也甘之如饴，我本是素食主义者，何必念着山珍海味。我的心是丰富的，我喜欢去感知这个世界，我喜欢用笔去记录，生活加了显影剂，就变成珍贵的老照片了，镶在木框里，以备记忆之需。

回忆着，回忆着，我就老了。我想我还不曾真正去感受这个世界，就被这个世界遗忘了。昨夜风起，我起身关窗，看着外面的点点灯光，心境竟然和多年前的重合了。生命就是如此神奇，也是如此短暂，她用声音迷倒了许多人，而我多年以后依然思念她的声音。于她而言，她的人生也许就是圆满的了。

女孩的私房话

熄了灯，各自躺在床上，窗外星光挤进来，在窗口摇曳，风扇在床尾掷地有声地摇晃着，今天是一个凉爽的夜晚。

累吗？舍友问，声音细细的，有点关切，有点亲密。

不太累，想聊天，我扬起我的声音。

我怕你累，舍友很温柔地说。

对呀，她怎么不怕我累呢？我每天除了功课，还有课题组的助理，还在校外兼职，我好像一个陀螺，什么时候也没有闲着，以至于我时常忘记我来读研究生是为了什么呢？

难道就是现在这样吗？绝对不是。我也有梦，只是我每天倒头就睡，因为我十分需要睡眠，需要睡眠给我力量。舍友难得问我累吗？我想她一定有很多话想和我说。

沉默半晌后，我就打开话题，只有我不累不困，才有私房话说起来的余地。舍友很开心，开心我的兴致很高，开心我们好久没有这样睡前聊天了。

女孩们的话像磨好的墨在黑夜里成了一幅夏夜图。

两个女孩，从童年的伙伴聊到了如今的朋友，从父母的体己话到如今的梦想，从不谙世事的小孩到长大后的迷茫，话题呈分散状，随心所欲地聊着。

不局限，不藏着，一点一滴的往事，夹着未知的将来，像雨点敲在会发出声音的石头上，洗刷了顽石，也奏出了新鲜的乐章。

听着舍友娓娓道来，她的声音很熨帖心灵，听着整个人都很舒服，不累，也不困，就是想一直听着。她的这二十多年里，经历了许多的事情，让她认识了这个社会，她不因周围的变化而变化，仍然选择淡泊名利，宁静致远是她的追求。

因为她的坚强和努力，她一路从名牌大学走向自己的理想，她坚毅而有胸怀，我想她的未来肯定是不一般的。

当睡意来袭，我们的私房话已经说完很久了，舍友的话一直在我的脑海里，形成画面。我在想，我什么时候可以坚持下去，靠近我的梦想呢？

夜浓，星光也离开了窗口。我盖上毯子，侧躺在床上，夏天的夜是长的，我在漫长的夏夜里，问自己，也许我像舍友一样努力，未来还会有一点希望，如果我不努力，可能一点希望也没有的。

我抱着我的希望入眠，在梦里，好像看到了未来的样子。我坐在灯下写字，高高的马尾束在脑后，我的嘴角是上扬的，做喜欢的事情时，我的嘴角会不由自主地上扬，我笑了。

姥姥，您在天堂还好吗

五月花开，作为七个孩子的母亲，姥姥，现在在天堂过得还好吗？我觉得您一定是感应到儿孙的思念，从昨晚起，我就毫无睡意，因为我写了一篇关于您的纪实类文学将要发表，心境一直不平。我想您是否有一丝欣慰，您是那么喜欢我读书写字，您是那么喜欢我拿笔涂鸦的样子。姥姥还好有您，是您让我爱上笔，是您让我爱上写字。您一直都在，您一直未曾离开过我们，永远在我的心里。

时光飞逝，转眼间我也成为母亲。有了孩子后，我的整个世界都变了，养育孩子是那么不容易，我时常感叹自己的时间一点也没有了。可是您却独自养大了七个孩子，您何尝有过自己的时间，您甚至都没有休息时间。我想您当年一定是拼尽全力，负力前行，您将自己完全变成了一个母亲，只是母亲，一直撑着，心思都放在孩子的身上，想着他们能吃一点饭，哪怕一点，也可以保全性命的。

而您呢？对着可以看见影子的米汤，默默落泪，我想您当年一定是流泪流多了，所以年迈时才会眼睛浑浊，看到的东西都是摇摇晃晃的影子。

您时常会拉着姐姐的手，喊我的名字，您时常会抚摸着我的头，把我当成姐姐，嘘寒问暖是您的开场白，末了总会问一句书读得可好？一定很辛苦。

姥姥，难道您不知道，世界上最苦的不是读书，读书和种田耕地、养家糊口、操持家务相比，算得了什么？从某种意义上来说，读书是一种享受，是脱离黄土地跃过农门的最佳选择，可是姥姥总觉得我们苦，于是每次去姥姥家，姥姥总是把我的口袋塞满果子、糖，还有她连夜赶制的饼。

姥姥在灶台忙碌的样子，是欢快的，姥姥的个子很高，纤细如柳丝，长长的影子印刻在墙壁上，也印刻在我的记忆里。您的头发很软很长，挽起头发成一个圆圆的发髻，在光影里，成了一幅画。

记忆里的姥姥是爱我的，不止爱我一个，您爱所有人。每次记忆浮现时，这幅画都会生动起来，好像时光倒流，我又在门口翘首企盼那香喷喷的饼出锅，热气腾腾，姥姥的脸在蒸汽里温润起来。

每次读到孟郊的诗句，我都会想到这个画面，因为诗句下面的配图就是一个挽着头发的老人：她白发如霜，她穿针引线，她低头缝衣服，她专注手里的活。画中人和我的姥姥是那么像，原来天下的母亲都是一个样子的，是谁言寸草心，报得三春晖，是可怜天下父母心。

姥姥从来不曾让儿女回报自己，您住在茅草屋里，那里面很阴冷，可是您守在一方小天地，没有任何的娱乐，也没有任何的休闲，过的日子是何等凄苦，是何等凄凉。

没有抱怨，所谓无怨无悔，在姥姥那里是那么真实，毫无矫揉造作之感。您用纤细的身体，扛起了全家的重担，这气力不知道是从哪里来的。

我不知道，一个女人如何能有如此的能力，姥姥是触到生活最低谷，要么窒息，要么反弹，因为孩子，您选择了绝地而生。

这是多么坚强的一个母亲，是多么伟大的女人。可是姥姥从来不觉得自己伟大，只觉得自己做了该做的事情。

姥姥裹小脚，穿粗布蓝衣。每次起床，我都能看到姥姥细致地拿起白色的麻布横条，从脚掌开始，一圈一圈地缠绕小脚，一直绑到腿上，穿上蓝色的裤子，也是老式样，最后穿上盘扣的蓝色齐领大褂。穿的那些衣服，是那么朴素和简单。即使后来，家庭不再为吃饭而着急，您也从来不曾让家人买新的衣服给自己，您说这些衣服，不会穿破的，后来衣服还是破了，您就用那无比灵巧的手缝缝补补，又像新的一样。儿女们就假借各种名义给您买同样款式的衣服，可是这样的衣服服装店都很少卖了，新式样的姥姥又穿不习惯，唯有找很老的裁缝，剪裁您一直喜欢穿的衣服。您说穿上这样的衣服，才能找到自己，这是姥姥固守的生活，简单而真实。

姥姥没有名字，我只知道您和我提过一次，叫孙氏，是姥爷的妻子，如此而已。姥姥的生活色彩只有黑、白和蓝，您喜欢这样简单的颜色，或者说，您根本没有时间去分辨色彩，姥姥那么忙碌，忙到孩子们一个个长大，您也老了，背也驼了，拄着拐杖，看着各家，是全家的守护神。

所以您哪里敢老，您的孩子羽翼未丰满，如何面对这世上的风雨，您能担着的就先担着了，所以您一生没有时间考虑自己，您被家庭所累，从来没有看过外面繁华的世界，也没有享受过一天。

姥姥，如今世界都变了样子。您住的茅草房子早已经被水淹没，您曾经到过我们家的大坝，这里也修建了笔直的公路，上面甚至可以跑大卡车，结实得很。您再也不用担心，下雨天我踩一脚的泥，不用担心泥水溅满我的裤管。

姥姥，我们又搬家了，每一次搬家我都会和您呢喃，我记得上一次搬家，您还入了我的梦，您笑着看着我，您说这里还不错，养人。

果然如您所说，我现在胖了不少，心境也变得超脱。人生的事情，谁说得清呢！

您当年看着我写字开心笑的样子，一直影响着我，也存留在我的心底，每每遇到困难和挫折，我看到您的笑，彷佛都在告诉我，“孙啊，这算个啥。”

姥姥，母亲节就在后天，我买了百合花，白色的，开了其中一朵，便香了满屋。我看着那大朵的花，洁白如您的粗布大褂，那么美，可是您一直都不知道。

我的母亲也不识字，我想每每这样的节日，她也想和您说一两句掏心窝子的话，可是她欲言又止，她爱您，我们都爱您，我们祝您在天堂过得美好，一定要美好、安宁，并且满足。

宿舍姐妹情

2007 年 8 月底，按照学校的开学时间，我从家里向一个陌生的城市进发，旅途劳顿辗转换乘，手提行李肩负背囊。当我的双脚踏上南京这片土地时，车水马龙、人潮澎湃，霎时间我被淹没在自己内心的惶恐和不安中。

看着屋檐下的滨菊绿色犹在，一年多来在他乡的点点滴滴记忆于冬日的午后，金黄色的暖阳里慢慢铺展开来……

忘不了那个周六，我做完兼职，拖着疲惫的身体骑着车与西边天点点橘红色的晚霞一起回校。打开宿舍的门，看见桌子上是露西为我从食堂带的菜包，坐下歇歇就开动晚饭。我低着头狼吞虎咽地啃着菜包，露西在我快吃完时递过来一包牛奶并说："喝点，补充些能量。"简洁不容推托地转身干她的事情了。我被噎住的喉咙已经发不出半点谢谢之类的讯号，拿着余下的干粮和牛奶出门，在楼道拐弯的角落里，眼睛进了沙，风一吹，有很烫的东西在脸上滑落，越来越热，不能自抑。

忘不了简柔和的鼓励，让我渐渐放下心里的包袱，昂首挺胸地生活；

她的促膝长谈，女儿们的心事和哀愁，在倾诉和倾听中淡然；她波澜不惊、不急不躁的做事风格让我这个毛手毛脚、鲁莽暴躁的人自惭形秽之余，慢慢学会耐心地等待并持续去努力；她身上有一股热情让她敢于去做自己喜欢做和别人不敢尝试的事情，不管是计划内还是计划外的，看着她整天忙忙碌碌活力不减，我想起了辛勤劳作的蜜蜂，梦想和现实只差一步，每天一点点地努力就可以让花开，让梦更香甜。

忘不了海蒂，率真的性格为她赢得了许多朋友，也失去了一些朋友。间或的卧谈，经常的交流，让我知道自己想要什么，知道自己的目标很重要，她一步一步地走向自己的构想，执着的奋斗也让她一次又一次地品尝小小成功的喜悦。

还记得那天晚上熄灯后，我和露西在一旁五味混杂地享受自己营造的温馨氛围，在点满二十四根蜡烛的蛋糕边，简与海蒂虔诚许愿，当蜡烛吹灭，所有美好的祝愿都一一实现，好吗上天？这或许是与她们最后一次小聚了吧，简与海蒂即将毕业，我和露西还有一年的书香生涯。看着过往的一切，在烛光里摇曳，霎时间万千离愁涌心头。人有悲欢离合，月有阴晴圆缺，此事古难全，所以选择微笑面对，所以选择继续前行。

同在屋檐下，四海为一家。不同的地方，不同年级的四个女生，按着缘分的旨意相遇，在同一空间编织五彩斑斓的未来。在时光的旅途中一起学习、娱乐、出游、成长，结下了感情，彼此的眼睛里流露出家人般的关心让人动容。让我们相约，让我们铭记，我们是金兰之交，不枉我们的青春年少。

但愿数年后她们还记得屋檐下的滨菊，还记得当年怯懦的我在她们的包容与支持中露出开心的笑容，记得孤僻的我在她们开朗的感染下和善良的举动中与她们相亲相爱融为一家人。天冷了，降温了，年复一年，亲爱的朋友今宵别梦寒。长亭外，古道边，芳草碧连天。晚风扶柳笛声残，夕阳山外山。天之涯，地之角，知交半零落，一壶浊酒尽余欢，今宵别梦寒。

周庄一瞥

第一次和舍友一起旅行，有太多的话想一吐为快。昨天玩得太累，回到宿舍就看到满天的星星，头一触碰枕头，睡意就像外面的月色一样，弥漫开来。

一觉醒来，周庄的画面像一抹白云在我的眼前，轻轻淡淡的，挥之不去。去周庄前，我和舍友几个一起在夫子庙逛了一晚，然后一路欢歌向周庄进发。

看一排排亭台楼阁如天上，雾气腾腾，连绵不断的小山包与山脉在车后排山倒海地倒下去，紫色的雾气如祥云一般守护着大巴车。

第一道入周庄的门，四牌楼，高高地耸立在周庄的入口处，灰暗的颜色，有棱角似飞鸟，商业街上买卖繁盛，我在双桥上看到了小桥流水人家，曲曲折折的，我看了张家的门厅，门槛很高，我差点跌了一跤。当官的门槛和平头百姓的门槛自是不同的，六进六出，“轿从家中过，船由屋后出”的繁华与雅致并存。每年春天玉兰花开的时候，玉燕堂里的燕子嘤嘤啼啼，甚是热闹。

别看沈万三富可敌国，沈家的门槛和张家相比，可是矮了不少的。士农工商的排序，在这里是如此清晰。可是沈家因为极其富裕，门厅设计了七进七出，心里想着，我门槛比士低，但是我的门厅总多你一道吧。

来到周庄，一定要尝一下“万三蹄”。相传朱元璋来到沈万三家做客，沈万三自然好酒好菜招待，其中一个菜肴是猪蹄子，而朱元璋姓朱，连谐音也不能有朱的意思出来，当朱元璋问沈万三“这是什么菜？”

沈万三脱口而出：“这是万三蹄。”

于是万三蹄由此得名，一直至今。

闲暇之余，去参拜了观音像。说来奇妙，这里的观音，在一楼，微微含笑，在二楼，却满脸泪滴。人世间的喜怒哀乐，在观音像的脸上全部呈现，而游人只需挪动双脚，换换角度即可，这真是令人惊叹。

人世间的事情，何尝不是如此，换个角度，悲伤可以转化成喜悦，快乐的事情也能变成悲哀的，所以我们不能固守一个观念，要不断地开拓自己的眼界。在观音像身边虔诚地看一看，每一座雕像给我的心灵感受，直观的、震撼心灵的是，时光是弹指之间的。

净手，净心，归。

小镇里的时光，是慢的，又是快的，因为景色太宜人，会恍惚间觉得误入天堂，天上一日，地下一年，怎么不快呢？

我给爸妈的一次旅行

多少次，我想着，等我长大了，一定要好好孝顺爸爸妈妈，怀着这样的念想，我慢慢长大。

从校园到社会，只是霎时间的事情，当初美好的幻想一下就遇到了现实的尴尬，不知道是我没有学好，还是我没有准备好，反正我就是卡壳了，而且还僵硬得不知道怎么办。

在社会上游走，时间一样过得极快，我的念想变成等我有钱了，一定要好好对待爸爸妈妈。

当每日的陀螺旋转，逃不过房子、车子、孩子、票子的时候，我也从青春滑到中年，好像不曾有任何过渡，多少白发在暗暗发芽。

看着爸爸妈妈拱起的背部，还有蹒跚的脚步，我觉得，我的念想已经被冲散了，再也找不回来了。

连日的雾霾和阴雨，相伴而生，空气也清新了很多。我坐在办公室的玻璃窗下面，望着流动的白云，觉得是时候给爸爸妈妈一点惊喜了，虽然我依然很穷，虽然我依然很忙碌，可是我不知道什么时候能闲下来，我也不知道什么时候能有钱，也许会一直穷困下去。

我的爸爸妈妈是虔诚的佛教人士，逢年过节，都会烧香拜佛，结合了这个原因，我开始搜寻和这些有关的近地游览，当我发现一个很合适的地方询问爸爸妈妈的时候，没有想到，他们开口的第一句话是“要很多钱吧，不去，不去，等你以后手头宽裕了再说。”

前面我也许是听得进去，可是说到“手头宽裕”，我立刻说：“去吧，很便宜的。”

他们还是说，要商量商量，让我等等。

我知道这一等不知道是何年何夕，开始想用佛的渊源来打动他们。

最终，他们同意了，愿意把身份证给我。

我知道我做得很少，我甚至不能称为称职的孩子，可是我在努力，我希望在爱的这段旅程上，父母的付出不再是单行道。

我的心一直是紧张的，不知道这次安排，爸爸妈妈会有什么不满意的地方。在出发前，爸爸开始念叨，怎么才能到达集合地，担心早晨没有打到车，担心怎么才能到达目的地，还不停地说啊说。

我的耐心也是有限，我没有让出行这件事变得简单，后来我才明白，其实他是不想打车浪费钱。

一早他们就出发了，我不时地计算时间，看看他们是否顺利到达，听到电话那边人声鼎沸，我不再怀疑。中国，真的是一个热闹的地方，到处都能听见的同胞声音啊。

爸爸给妈妈拍了很多照片。每一张照片上，我都能看到妈妈真心的笑容，眉心舒展，脸上的酒窝里盛满了幸福。我还看到爸爸拉着妈妈的合影，虽然头发斑白，可是他们相互搀着的样子，很温暖。太阳打在旁边的树上，洒下来的一点余光，我看到他们的心是宁静的。

花朵、佛珠、神像，还有笑脸，我觉得这次我做的是对的，我是满足的。

一次安排，让他们明白，虽然我没有多少财力，但是我的心里还是有着他们的位置，我深爱着他们；一次远足，让年老的父母看看外面的世界，接触不一样的人群，也许可以给他们老年生活带来不同的体验；一次沟通，一次拥抱，一个笑脸，都可以让他们满足，他们很容易满足，也很好满足。

我想，不用等到我长大了，不用等到我有钱了，爱父母的表现，只在点滴，不要和他们发脾气，不要对他们的话置若罔闻。尊重他们，请从一件小事开始吧。

西湖小游

记得小时候看《新白娘子传奇》，捧着饭碗的我，还会哼唱“西湖美景三月天……”歌声里的西湖，如诗如画，传说里的西湖，神秘浪漫，文人笔墨里的西湖如佳人，淡妆浓抹总相宜。

上有天堂，下有苏杭。人间天堂，怎能不去看看呢？决定去一睹西湖的真容，月色下，荷塘边，荷花开遍，我寻着日落后去逛西湖，这一次，我想，我要用我的脚走遍西湖的每一个角落。儿时的记忆随着西湖摇摇晃晃的波纹涌上心头。

西湖很大，处处皆人。我走着走着，便能看到女孩男孩在西湖边相伴拍照留念，对着镜头的脸上洋溢着幸福的微笑，那笑容在杨柳之下，更添一抹恋爱的朦胧味道。我想当年的白素贞怎么就高楼望到许仙，如今若想报恩，只靠高楼远望估计不大好实现了。人头攒动，一步一移，哪里找得到。也许白素贞有定人术，就不可知了。

我的心思一直被古老的故事牵着，抬头到了断桥。断桥一定要去走一走，可惜，桥太短，我还没有将白娘子和许仙相见相思的画面演完，路就到了尽头，我回头再一望，人已经站满了，无不对着西湖，望穿西湖岸，不见白蛇归。

雷峰塔的灯光顺着塔顶一直倾斜到西湖的水中，遥遥看去，好像一道可以走的路，我幻想着去走一走，看一看神仙是不是在闭目敲鼓，那回旋的声音里，是否穿越千年而来，也许我就是塔下的一株小草，因风而起，翩翩起舞，幻化成人。

垂柳依依，风拂面，步调深浅不一。我走累了，坐在公交站台休息，我看到苏堤，看到苏小妹的衣冠冢，看到武松墓，忽然站起来，生怕臀下这方寸土地修建的小站台，许是当年故人归天的所在，敬畏而起，继续就着恬淡的夜，慢慢而行。

不必担心半夜遭劫，一来我空手而来，只带了虔诚的心，二来我想这里兴许根本没有窃盗，这里一路繁花相送，青山绿水之间，恍惚间如游走梦境，即使有行盗窃之心，也被感化了吧。

前面的路被围了起来，大字写着：车辆勿入。于是我的步伐更添快乐和欢愉，不用担心避让车辆，可以放心大胆地走着我想走的路。

询问前方姑娘：“音乐喷泉，如何走？”

答曰：一直走，大约还有一个多小时，夜游西湖，只靠双脚是不行的。

对啊，西湖不小的，23 公里，走下来，估计会很累吧。好在我体力尚可，沿着西湖岸边，一步一移地过去了，在夜色中的黑影，越发变得小了，几乎消失在西湖边。

音乐喷泉，随着音乐起舞，颜色变化着，形状也变化着，人们等着、和着光和影，一起舞蹈。

可惜，我到音乐喷泉的时候，几乎接近尾声，很快，光和影一起消失在脚下。我循着岸边，看着水波荡漾，我静静地看着对面，仍然灯火通明。

我好像看到小船轻轻地摇动，那划动双桨的，是一位白胡子的老爷爷，他站在船头，嗓音浑厚高昂，我好似听到那首熟悉的歌曲，“西湖美景三月天……”

我欣喜地摇手，我要上船去，我要在小船上载着我儿时的记忆，在西湖的碧波上，随着这渐渐深邃的夜，一同而眠，一同入梦。在湖面上飘摇到远方，也许是下一个我最想去的地方，不管是哪里，应该都是天堂的模样。

哪个人的心里没有住着一个人，住着一个故事和过往，还有一个有着天堂模样的城呢？

在那里听风拂柳，看岸花开，最好有西湖这样的一个充满诗意的地方。

您的眼神

母亲的眼神，我牢记在心，不是铭刻上去的，而是不知不觉烙上的。那种眼神像一阵细雨洒落我心底，让人感觉如此神秘，虽然不言不语，叫人难忘记。母亲的眼神，伴我成长，养育我成人。

学会做人，人生的试卷；学会做人，人生的义务；做人，人生的功课；做人，人生的责任。

当我还是个不谙世事的女孩时，劳作未归的父亲可能在回家的途中，母亲做了饭菜在等父亲归家。我嘴馋偷吃，由于菜肴太可口，我屡试不爽。母亲肯定是发现了的，因为那“残缺”太明显，我猜想会挨一顿打的，因为我知道，等父亲是我家一直保持的习惯，而我迎来了这样的几句话“下次饿了，和妈说，别偷吃，干事情不要鬼鬼祟祟，这不是做人的正理。下次饿了就说……”然后便是母亲的眼神，那又怨又爱的目光。从那以后，我竟然也会开心地坐在母亲身旁，等待父亲的归来。

如今，我已经长大，那个未进学堂的馋嘴猫已在岁月的脚步中走失了，我也渐渐体会到做人是人生的重中之重。

20世纪80年代，世界首富萨姆穆尔·沃尔顿就参透了人生的真谛，走上事业的巅峰。在那个年代，拥有2.8亿美元的他竟然过着简朴的生活，开着普通的车，住着简单的房子，他以他的简朴勤劳和忠诚待人获得了人生的巨大财富。

做人的真谛，是我们一生都在追寻的古墓遗书、武林秘籍。

只知道做人，就好比只会在人生的画布上描绘轮廓，不会美丽，还要适时锦上添花，花团锦簇，那就必须加上做事和做学问。

做人是主心骨，做事是体现，做学问是补充。

我还记得几件小事，与君分享：在回宿舍的路上，看到一脸天真的孩子在摇晃刚栽的小树苗，我和颜悦色地过去，托起他红润的脸，问他“你那么大力气摇晃小树苗，它还小，等小树苗长大了，你再和它玩，怎么样？”那小家伙说：“好，等它长大了再来玩……”

在超市的收银台，我结完账，回到宿舍，才发现收银员把一个精美的头饰错放在我的购物袋中，我看那是我垂涎已久的小饰品，忍痛割舍完璧归赵。回去的路上，我心情大好。

一次在教室上自修，安静非常。由于时间紧迫，买了袋零食，正准备晚餐，才知道不雅的咀嚼和袋子的撕扯声会影响原本的安静，我放下了零食，怪起自己来……

而每当我做完一件事情，我都会想起母亲的眼神，虽然把学业搞好是学生的天职，但做人才是人生重头戏。

健康是福

我记得很多年前写过这样一首小诗，当时的心境是平和而稳定的，此刻再看那首诗歌，歪歪斜斜的字里行间里，是最朴素的愿景。

健康是福
吃一口粥的满足
跑一段路的舒服
让我们拥有健康
这最基本的幸福
健康是福
晒阳光的快乐
与人谈心的无拘无束
让我们好好保重自己
身体是革命的本钱
无须多加揣测
这最基本的幸福

昨夜，我睡得很浅，思来想去，人生的意义不过是平安，以及健康，那些宏图伟略的事业，不过是过眼烟云，于是有了一批又一批的平凡大众，我便是其中之一了。

夜色弥漫的世界里，我躺在床上想，一些人躺在法国的草地上看外面月亮的时候，心里会不会升腾出一种快乐？在意大利度蜜月的女孩，依偎在先生的肩头，会不会想念祖国的山山水水？漂洋过海来看的，是不是当年少年的样子？

那些出乎自己脚步的旅行，和那些突破天际的冒险，现在于我都是不存在的了。我安然地在我的小屋，我并不仇富，我时刻想，允许一部分人先富起来，先富帮助后富，最终实现共同富裕。

人生的意义，在脱贫路上走得已经够长远，关于富裕，我知之甚少，不敢妄言，但是我对未来是有一些期望的。

看到花开到屋檐，看到鸟飞到梁上，看见风吹起银杏叶子，看见梨窝浅笑，我都会觉得生活很美好。健康是一种福气，而这种福气，上天几乎赐予了每一个人，身体发肤，受之父母，这一点是平等而和平的。

但是之后呢，我们都好好爱护我们的身体和头发、指甲和脚掌了吗？那些在黑夜依然睁开的眼睛，明明在诉说今天的不舍，过度的消耗，是不是提前透支了我们的健康呢？

百里挑一的疾病，有时候会突然来临，它是不是之前就提醒过我们，身体是一切的根本呢？

提醒过的，我们额头冒出的痘痘，脸上蒙上的青色，指甲上的半月，还有腰椎上的疼痛，胃部的极度不适，是不是都在告诉我们，我们的身体已经发出了信号，可是我们不以为然。

我想，今天，这样的清晨，看着日出来到眼前，我虚空的双手，纵使空无一物，可是我的心却是鲜活的。在看着这样美好的一天，如何就黄昏坠地，如何就黑夜降临，这样一天接连着一天的日子，年复一年地消失，我们的人生在这些寻常的消失里，渐渐地失去，有没有一种听天由命的怅惘，有没有一种握不住一切的失落？

我是有的，可是我看着周遭的一切，忽然发现每一个生命个体都以一种自己喜欢的方式在享受这短暂的一生，我们作为一个渺小的存在，把健康握在掌心，如果得不到物质的极大丰富，那能不能得到心灵的极大舒展？

我愿意一试，我愿意尝试，我愿意付出时间，我愿意看日出东方日落西山，我愿意坐在西山坡上，看杜鹃红遍，看橘子洲头，漫山浸染，生命的颜色。

我热爱着生命，我热爱着生活，偶尔的失落一晃而过的时候，健康这双温柔的手就犹如母亲的怀抱，我举过头顶的双臂，摇晃在摇篮一般，我慢慢地觉得放心了，好看的皮囊千篇一律，鲜活的灵魂却百里挑一。我想，我未曾可知的灵魂里，有着健康的守护，爱就在这样的堡垒里生根发芽。

爱着家人，爱着自己，还有陌生的好人。我想那广袤的空间里，有巨大的能量给予我，让我展开双臂，飞翔起来，看无垠的时空交替。健康是福，这种福气，遍在人间，常常忽略的一种赐予，就是我们的根本，我们的基础，我们飞翔的翅膀。

工作的意义

多少次，我盼望着，不用工作，只是随意地走动，看路上的人来来往往，听风吹过杨柳小岸，看蒲公英慢慢飘远。

多少回，我梦到无拘无束的生活，不用早起，赶第一趟公交车，不用拿着包，一路奔跑，只为转另外一辆车。不用忙手里干不完的活，不用看老板的脸色。不用心收缩着，随时可能的犯错，都会让我的神经紧张。

一旦梦到那样快乐的时光，我都会睡得很沉很重，好像到了另外一重天地，最好不要醒来。

我渴望不用工作的日子，可是我不能不工作，不是因为我热爱工作，而是因为我还要活着。不工作当然能活，但是活得好是需要冒险的，可能担着更多的心，活得坏是绝大部分了。抛去那些财务绝对自由，财富如过眼云烟的人儿，我肯定算得上在贫困线上，尚且活着，离小康生活还有些距离的人。

年纪轻轻就不想工作，不劳而获真的好吗？可是哪里有平白无故的不劳而获，也许是更多的付出和更煎熬的经历呢。

不然呢？为什么那么多勇敢辞去工作的美人们，开始倒腾微商，开始学做美容，然后开始铺天盖地地发广告，如果这样就行的话，那么我也可以现在就辞去工作。

可是事实往往骨感，如果经济来源弱化，莫名的危机感是从天而降的。

刷屏也解决不了内心的恐惧，还有长远的焦灼。我还不到可以抵御这些的时候，或者说，我还要经历更多，才能享受不用工作的日子吧！

时光容易把人抛，红了樱桃，绿了芭蕉，也让皱纹爬上我的眉梢。我想趁着白发还没有明显出现在黑发之上，只能通过工作来获得自身能力的提高。

能力也好，技能也罢，只要有了，就可以依偎到老。那个时候，我可以摊摊手，拿起我的包，慢慢地从东十里街，走到西二十里铺，买一把香菜，捧一盆绿萝，一路上，心情高昂，一路上，嘴角含笑。

我想那个时候，没有谁可以打倒我，也没有谁可以吓到我，用绿萝装扮阳台的绳索，用香菜吃一顿麻辣香锅，我辣得眼泪直流，我还是快乐的，哪怕是三伏天，我依然大笑如昨。

怕吃苦，吃苦一辈子，不怕苦，吃苦半辈子，这好像是大才子李敖说的。我也觉得好像是对的，因为觉得是对的，所以我在努力地践行着。

学一支舞蹈，等灯落，烛光起的时候，穿一双裸色的舞鞋，沉下我的肩膀，右手轻轻放在我的腰上，我的右脚外旋，脚尖点着地，我的眼睛看着我的脚尖，只等音乐起。

听一首歌，闭着眼睛，让心随着旋律游动，走过低沉的山间，越过高山，越过河流，听流水潺潺，看四季鸟语花香。

写一首诗，赏最美的景致，看鸟儿飞到窗前，带着男孩的信，粉嫩的信封上有我的名字，心跳都在字里行间，那是青春的懵懂和烂漫。

说走就走的旅行，最好也来一场，既然可以独立，可以自我，那么这一样，也是可以去做的，看一看外面的天，还有一轮明月在头顶高悬。

这些都是工作给我带来的深刻体会，因为工作，接触小小的社会，因为接触人群，而自带着社会属性，我没有脱离群体，而我期望自由自在的生活。

也许那样的一天，还遥遥无期，可是我的心早已经住在了那里，为着那我认为的愿景，我还无法舍弃我的工作，总有一天，我可以。

我爱着我的生活，也爱着这短暂的生命。

这个女孩不简单

第一次见到她，我都有点心疼她，太瘦了，我怕风一吹，她就飞走了。我言语关切，多么希望她能多吃一点，因为健康太重要了。

我记得那天上了一堂瑜伽课，她做的体式很漂亮，我按捺不住地拍了几张她的照片。课后，她拉住我，我们便互加了微信，我们成了朋友，因为瑜伽而结缘。

我以为她只是一名普通会员，言谈之间才知道，她上了不止一个教培班，只是还想多练习，觉得自己还不够好。

从那一刻，我开始注意这个女孩，她有一股向上的力量，她很上进。

偶尔翻看朋友圈，发现她还爱读书，没有参加高考，但是一路自考到大学本科学历，我便对她更加刮目相看。

我喜欢有上进心的孩子，她肯定是这样的女孩，她后来很少来上瑜伽课，我们之间的交流也变少了，只是朋友圈的点赞和评论一直维持着。

我喜欢她，莫名的，我好像看到当年我读书时的样子，只是我没有想到她除了自律自考，还有许多我不曾有的东西。

这些都构成了她本人的特色，很吸引我，我关注她更多了。

她每年都会去不同的城市过年，她喜欢花钱去学一个课程，喜欢看不同的风景，而不是将钱涂在脸上，穿在身上，她也这样做了。

她喜欢旅行，徒步到尼泊尔，她去过印尼、韩国、日本等很多国家，国内国外的美景都在她的怀抱里。

看她的照片，观她的记录，我就会从内心涌出一种对自己的遗憾，因为她的生活太丰富了，丰富到我会怀疑，她这么纤弱的身体，哪里来的那么多能量，怀疑青春时的我都干了什么？

她白天工作，学习，摄影，旅行，每一项都安排得井井有条。

今天看到她收到澳门城市大学的硕士研究生录取通知书，我的开心大于当年自己收到研究生录取书。因为她靠着自己，一步一步地实现了梦想。她的笑容好像一直挂在嘴角，从来没有消失过。

她在追梦的路上，并没有让生活变得单调枯燥，反而有许多情趣。

翻看她的记录，就像看一本旅行日记，这里有太多的美图，都是她自己拍的，因为她是摄影师，她手里的照片，都美到不想眨眼睛。

祖国的大好河山都在她的镜头里聚焦，快门按下，都是精品。

她这么喜欢玩，喜欢用自己的双脚去丈量世界，她又是这么喜欢学习，让灵魂和身体一直在路上，是多少人一生想要追求的。

看着那些生动的图片，就想和她聊天，她的日程满满，就连约个茶都要看下档期，这也是合理管理时间的佐证。

她将自己的时间管理得这样好，才有时间去做她喜欢的事，让路上的温暖和校园里的学习水乳交融，养成了她独特的风格。

她的风格很吸引我，我很想好好写写她，因为我和她不止一面之缘。

这个女孩，打破了我对“95后”的认知，她太有自己的思想，也有自己的行动，这是一个有梦想有追求的女孩。

这也是一个值得我去学习的女孩，用满腔的热情去拥抱生活，将当下一天二十四小时过得有滋有味，毫无虚度，毫无遗憾。

我要写这个女孩，她太不简单，只待我和她一次约会，让我们一起来认识她？

第三辑　一个人的欢喜

我是孩子王（一颗心）

无意中翻到小时候的照片，蹒跚学步，歪歪斜斜的样子，让我回想起很多事情，家里最小的一个孩子，也许都有很多可以回忆的事情，而我偏偏是最特别的一个。

生活在农家小院，每日和青草牛羊为伴的童年，不得不说是幸福的。三岁牙牙学语就被送到幼稚园，被围在一个房间里，四壁都是孩童的生活我是没有经历过的。

晨起与风为伴，迎风疯跑，逮一头羊，骑在羊背上，唱一首歌，随意的音符在上空飘扬，儿时的我似野马一般被放养着，没有人管，没有人问，是自由的。

但是我想有一个疼爱我的心，只要一点关注，一个眼神，也许我就不会那么迫切地需要爱，缺爱导致的生长不良让我内向、孤僻，喜欢在阴暗的角落里幻想。

我想要有一颗心，在我身上投注一点爱，哪怕一点点，我想我也不会孤注一掷。我需要父母的爱，我需要兄长的保护，我需要姐姐的疼惜，可是这些在我幼小的心灵上都是伤疤。

每个孩子都是天使，天使也需要陪伴，一个人疯长，少了爱，注定会长偏，偏离轨道，辜负大好时光。

爸爸妈妈，每次看到你们辛苦地劳作，抱起哥哥和姐姐的时候，我蹒跚着跟在后面，心里的阳光都被夺走了。

因为我是一个女孩，所以渴望像小公主那样被爱，可是那些场景都只能在梦里，我拼命学习，不过是想要父亲的一眼肯定，可是那一眼，也不曾给我。

我逃到我能力范围内最远的城市，不过是要忘记伤痛，重新开始，我期待一颗爱我的心，一直笼罩着我阴暗的心灵，我早早地爱上目光，关注的，保护的，没有任何理由。

我只要简单地拥有，我这个年龄应该有的爱。可是没有，我有些慌了，我原来是那个被忘记的孩子，因为家里孩子真的有点多，我觉得不多啊，才三个。

可是，岁月无情地吞噬着我的童年，还有青春。我过早地迷恋异性，我想从那里获得我一直缺少的爱，他的目光像钻石一样，耀眼夺目，今天看来，都是幻觉，一场幻梦。

该醒醒了，我的心，我不曾在别人那里得到的爱，今天我要给我面前的孩子们，他们那么可爱，脸上还带着好奇，还有热烈的期盼。我想我的一颗千疮百孔的心应该修修补补，给这些孩子一点爱。

我站在旗子下面，看着整整齐齐排排站的孩子们，我的心开始慢慢膨胀，我不曾有的金色童年，现在的孩子都应该有，一代更比一代幸福快乐才正常。

我挥舞着双臂，在孩子们面前跳动，我扮演老虎，我成了青蛙，我无所不能，因为我正在消失的年岁里修补已逝的年华。我想把一幅黯淡的画卷涂鸦上绚丽的色彩，有孩子们最真的笑脸，还有一颗，我老弱的，但是却滚烫的心。

我带着一颗心来到这个世界，如果这个世界不曾为我敞开一扇窗，那我就打开我的心灵，让我去温暖眼前的每一个人吧。如果要给我这一生下一个定义，我想我只是心灵的囚徒，现在在放生的路上，放过自己，绽放一点微弱的光芒。

一个人的时候

一直以来，我都很羡慕说走就走的人，可以随心所欲地行走在想去的地方，看人看景看世界。我不知道从什么时候开始，心里也开始埋下一粒种子，小小的，脆弱地支撑着我笨重的身体。

我能想到的事，一个人，带着我纯粹的心思，慢慢地走在山野，走在丛林，一个人，我想应该是自由自在的，我热烈地盼望着一个人的独处。

一个人，无拘无束，没有了杂念，可以安静地遵从自己的内心，我想那是最真实的一刻，来自精神的快乐，我想爬到山巅之上，扬起手，端坐，等到太阳慢慢从地平线升起，霞光照射着我欢欣的脸，我和太阳一起过好这一天。

我轻轻地吸气，沿着脊柱，一节一节地往上升起，此刻我身体里只剩下呼吸，慢慢地吐出腹内的胀气，所有的烦恼和压力都随着一呼一吸而消失。

我轻轻地闭上眼睛，享受修身的快乐，一个人的时候，我可以关注到身体的每一个细节，一定充满寻找宝藏的快乐，我慢慢地伸展手臂，透过指缝，看到光线正四散开来。

我能想到的事情，是午夜，一盏灯，昏黄的，淡淡地笼罩着我，我在灯下低头，手中握着一卷画，或者一纸书，嘴角上扬，我不断地在吸收营养，感受到灵魂。

一个人，是难得的，我想年少的时候，我一定有太多一个人的时候，一个人背着行囊，在校园里穿梭，在城市间辗转，我游学多年，待青丝退化，忽然想念一个人的时候。

想念必定珍视，可是我已经用完了那些美好的时光，我能想到最美好的事情，就是一个人的时候，不受任何限制和束缚，一个人自由地飞翔。

我记得我在校园外飞奔，就是为了一个断了线的风筝，那个风筝越过庭院，飞到高空，我飞跑着想去抓住，可是时间一晃，我没有了放风筝的时间。

我不知道这么多年，我在忙着什么，我不知道忙碌是不是就是失败最好的借口，我不知道生命在下一个路口会给我什么，我只期望一个人的时候，让我好好静一静，让我好好想一想，让我把这一生重新安排。

可是我做不到，时钟嘀嘀嗒嗒地走个不停，一切都是单行道，没有返回，我想如果我知道生命有时候是这么无奈，那么年少时，我就不会那么张狂而浪费我的时光。

我虔诚地跪在地上，在袅袅升起的青烟里，祈祷，一地莲花开放在石板路上，迂回的走廊和阶梯，能不能带我去另外一个地方，让我安静地与青灯古佛相伴一刻。大大的石缸里盛满了清水，涟漪起，我看到前世今生，我奔忙的身影，一刻恍惚。

高悬黄绸布上镶嵌着宝蓝色的边，佛音低沉，我慢慢地放松下来，一个人的时候，我跪在佛堂，听见自己的心跳和祝愿，我在草丛里，跪着。

也许前世我是一个天使，迷恋这尘世间的玫瑰花丛，所以今生痴恋玫瑰和刺，香味让我迷醉，刺让我疼痛。今生，我在佛堂的尘烟中，闭着眼睛，不停地祈愿，愿今生无憾。

向阳

早起，来不及伸个懒腰，太阳就笑眯眯地从东边照耀，时间突然就充裕了，是十五分钟，还是二十分钟，这一刻，从未如此宁静，这一刻，从未如此开心。

一天之计在于晨，果然如它所言。我站在迎春花旁边，花朵一朵也没有了，好像昨夜风一吹，它们就各自去寻找故乡了，根本不管我由衷的喜爱。

算了，能找到故乡自然是好的，我又何必强求，我背对着花朵，整个胸膛都迎着太阳，热乎乎的、暖洋洋的就是这个样子了。

我眯着眼睛，太阳不甚强烈，但是就这样眯着，十分好，眼前的景色更清楚了，我的手搭在裤缝处，脚底板踩着地面，风一吹，迎春花枝叶摇晃。

它好像要和我说话，我的脊背被它碰了一下，它长长的柔软的肢体搭在我的身上，我回过头，去看它，它还在风中舞蹈。

对话就这样开始了，它只是摇晃着，而我却真的开始说话。

“如果，真的有如果，你还会是现在这种选择吗？”

我眯着眼睛，看着树梢，透过右大臂，我看到了一朵白云，是那样地圆，那样地铺展，云朵来到我的眉梢，伸手几乎就可以碰到。

“爱能有什么用处？”

我笑了，“爱能有什么用处？”

现在我依然会想起西湖边断桥上，他的身影，他来自那里，可是现在不知道人在何方？

当年，哪怕我再勇敢一点，走到他的身边，哪怕我先开口，告诉他，我有一点喜欢他，不知道结局会怎样？

“还不是一样，生活本来就是这样啊。”

对啊，“还不是一样。”

生活，我常常弄不懂，它到底要我做什么？时光那么短，生命却那样脆弱，没有水和阳光，三天也是难熬的。

生活啊，我常常不明白，每天的奔波，不过是为了一晚上的安睡，没有明天的煎熬，那么，如果，我只是要做自己想做的事情，那样可以吗？

我问，小声地，连我自己都听不到。

“时间会写出未来的结局。”

日记

从来不曾想，有一天会回头看我写过的日记，我低着头，在一个黑漆漆的桌洞里，我伸手去掏，干涩的灰尘爬满我的手，我拿出那些本子，迎着光，我竟然看到了斑斑霉迹。那些过去的记忆，突然涌上我的心头。

记得我的第一本日记本，是玫红色的软皮面的本子，是我的一个远房表哥送给我的，那一年他辍学了，去了上海打工。

过年回来，从口袋里拿出一个玫红色的本子，我当时就两眼冒着金光，我想如果能给我就好了。表哥看到我的眉眼，招呼我过去，我觉得本子八九不离十就是我的了。

果然，表哥把本子给我了，他还说"哥不是读书的料，我看你要好好读书，这个本子送给你，你好好写字读书，等你读了高中，哥再给你买好的。"

我爱不释手，不敢在上面乱写乱画，我只是把它珍藏在我的床头，没事的时候，就拿出来看看，那种珍视程度，犹如珍宝。

后来，我的一位同桌在课间，在她的硬皮面本上写下她的话"愿你银铃般的笑声，永远伴随着你。”她的文字经常会被老师在班上朗读，我的也是。

放学回家，那串银铃般的笑声就在我的耳边回荡，她说她喜欢写日记，小学就是，她劝我也可以开始动笔写日记了，我们甚至还相邀，以后我们一定要成为作家，以后我们的家就住在一起，成为邻居，成为一生的朋友。

放学回家，我爬到床上，拿起表哥送我的笔记本，信马由缰地开始记录起来。那一年，我读初中一年级。我时常把自己写得流下眼泪，有时又把自己写得满屋乱跑，我的文字在我的笔下有了生命，我从那个时候开始喜欢幻想，无边无际地想。

很快我的笔记本就用完了，初二下学期，因为考试成绩进了前三名，班主任赠了我一本笔记本，是学习的奖励，里面还有三块钱奖金，我拿着钱到了小卖铺就买了一本笔记本，我想两本足够我写到高中了。

写日记已经成了我的习惯，那些年生活条件十分艰苦，有饭吃，有衣服穿，就是幸福的。而我还可以自由地写字，就更加幸福了。

我读高中的时候，语文老师是一个十分文艺的女孩，刚大学毕业，温柔而充满诗意，有一次我写了一篇周记，当学习委员发下来本子的时候，我无意间打开，竟然看到我的周记下面被老师密密麻麻地写满了字，我都没有看清写的是什么字，就被感动得一塌糊涂了，一种被尊重的感动。待我感动完，眼睛可以正常地看字了，方知道她写的评语是：“很喜欢你的文字，很优美，有一种自然的美好。”

后来，我和语文老师成了朋友，我们班上几个很爱写作的女孩经常会出入她的宿舍，坐在她窄小的床上，我们听她说大学的故事，我们听得很入迷，对大学充满了憧憬和渴望。

我们都想去大学的绿茵地坐一坐，感受风吹来的花香，和高中的到底一样吗？听说大学里还有好多图书，可以随意阅览，只要按时归还即可，我的心里升腾出一种强烈的愿望，我想读大学，我把我的念想一字一句地记录在我的日记本上，日记本里有我最真实的想法和思考，还有一些无边无际的遐想。

大学到底是什么样的呢？当我上了大学，万花筒一样的世界差点把我弄晕，好在我在日记本里找到了自己，我继续记录着我的所听所感，那些丰富的课余生活，丰富着我的眼界，也丰富着我的思想。

很多年过去了，那些珍藏在抽屉里的过去，忽然被翻腾出来，时光一下就抖在了眼前，犹如昨天，历历在目，这也许就是日记的魅力所在，没有目的，没有功利，只是因为热爱，一笔一画地在自己的本子上留下痕迹，那是心底流淌的真情实感。

给心灵一次自由的呼吸

风停了，阳光慢慢地从东边流露出镶着金边的丝线，细细的，光亮的，透过天空，照射到看日出的男男女女的脸庞上，那些人的脸上带着幸福的笑容，依偎在彼此的肩头。山顶有一抹紫色的雾，笼罩在光晕之下，树林醒了，鸟儿开始伸伸懒腰，脸蛋上投射出来的光，带着清晨的生气，柔美极了。

喜欢，阳光不太刺眼的时候，不用眯着眼睛，不用怕它那耀眼的光线，不用透过手指缝，不用双臂放在双耳之间，也不用用力地呼吸，只需要静静地看着阳光慢慢地浓烈起来，好像一杯酒，发酵多日，忽然香醇了，浓香飘开，到处都是香的，由浓到淡，由深到浅，随着时间，随着距离，来到人间所有的角落。

不管你忙，还是闲逸，它都释放着它的光芒，来到烈日下房顶上的工人身旁，来到流着汗水的人们身边，来到窗帘背后，懒洋洋的猫的脚边，猫也打着哈欠，慵懒无比。

就这样，在生活的河流中，随波逐流，让自己的身体越来越僵硬，还是越来越柔软，如出生的婴儿一样，柔软到极致，人生会是什么样子？

如果无法柔软，那么内心呢？是不是僵硬得像块石头。

哦，不，我不要，我不能容忍自己像石头一样无情无义，或者薄情寡义。

找一件事情，让自己投入进去，哪怕忙碌到双脚都不能贴合地面，依然风雨无阻地去努力，只要这样的事情，对别人无害，对自己有益，我觉得就足够了。

我想，任何人都可以挑出一件这样的事情，有的人喜欢睡觉，在梦里遨游世界，有的人喜欢运动，在汗水中寻找自我，有的人喜欢读书，在文字里愉悦身心，有的人喜欢花朵，在花海里陶冶心情。

那么我呢？我喜欢什么？迷茫得不像话。

后来，我的脑海里就蹦出一个字：软。

对，我喜欢软，不管来自身体的，还是来自心里的，只要软，我就满足了。

听一首歌，看着外面的树叶在窗口摇曳，白玉兰的花瓣在空中旋转，舞蹈，舞蹈，直到落到地面，我的心慢慢地静了下来，心静下来后，发现身体也放慢了节奏。

闭上眼睛，坐着不行，就站着，我的头靠在一棵树上，听着风沙沙地吹过耳朵，在我的脸上摩挲，温柔地和我说话，我的心软了下来。

软得我几乎可以睡着了，身体松松的，松得像一块棉花，我就顺势坐在草地上，靠在树干上，夕阳又落，呼兰河小城的火烧云来到了我的小城，那些云一朵接着一朵，无限地变幻着色彩，橙色的、黄色的、红色的，印在草地上，我看到了凡高的《向日葵》，那样燃烧着生命，我想我迷恋了这样的日子。

日出已经好久没有看了，夕阳，我也很久没有来欣赏，那样的美景，我怎么会不喜欢，可是慢慢加速的步伐，日渐忙碌的背影，还有加深的黑眼圈，细长的皱纹，以及刺眼的白发，让我的心忘记了一直都在的景色，还有美好的自然风景。

这一切都是自然赐予的，我自当带着感恩的心来看，眼睛里都是温情，那些渐渐被社会浸染的性情，还有磨圆的棱角，也许并不是自己想要的，可是必须被留下痕迹，让我知道，内心柔软对我是多么重要。

软，也许是对自然最好的报答，也是对生活最好的抵御，外界的纷繁，与我何干呢？我需要的一直很少，几乎是最简单的生存基本，我需要的也很多，我要带着我的心看河水流动，看长江水在阳光下波光粼粼，我要看山顶下郁郁苍苍的树林，我还要看异国的海水孕育的爱情，是否带着海枯石烂的誓言。

我甚至还要将我余下的一点点精力，拧亮一盏灯，和古圣先贤席地而坐，我要用崇拜的眼神，看着他们留下来的文化瑰宝，如何在后辈的身上发扬光大，并且修炼我们的内心，我要告诉他们，今天的我们虽然有很多事情要做，可是柔软的内心，依然是我渴求的部分，并且愿意付诸一生去追寻。

喜欢自己，爱自己

有没有一种时候，手头有事可以做，可是却不想做，脚下有路可以走，却不想抬起脚，只是坐在那里，什么也不想做，也不想出去走一走，眼神里都是一种茫然的、无措的，对时光一种懒懒的抵抗。

有没有这种时刻，抵抗是无效的，心里很空，空得好像很饿，但是什么也不想吃，也许找一个喜欢的人，说一句话就好了，但这绝对不是相思病，我可以肯定，但是这种空，是切切实实存在着的。

有的时候是白天，下午太阳正好的时候，四周静悄悄的，有时候是午夜，周围一片夜色，也许是劳累过了度，也许是闲暇了太久，而我，则是前者。

我的心开始无边无际的虚空，时间无奈地溜走，一会是指缝，一会是韶华。听说十年是弹指一挥间，我经常笑谈，我这一代，尤其我自己，是牺牲的一代，没有自己的生活，一生都在忙碌中度过。

因为忙碌，疲乏自不必说，因为贫苦，奔波自不必说，因为当初的懵懂，都是要无端地付出一些代价，这便是成长的代价，我必须去承担，毫无托词和借口。

这样的日子，无疑是清苦的，好在我很容易满足，可是偶尔的虚空，让我有一种负罪感，想着没有完成的作业，想着没有做完的体式，还有没有背诵的条条款款，我竟然坐在光天化日之下，幻想着做一场轰轰烈烈的梦。

好在这样的时候，总是很少，不然恐会被周围人察觉，或者自己也是要被一波又一波的尘世间的琐事羁绊，事情总是做不完的。

我便安然等待这样的时刻出现，我准备好心情，看一看，我第一时间想到的是什么，我想知道，哪一个记忆让我最想触碰，我最想和谁聊天，或者最想做一场什么样的梦。

我可以控制，我也可以自己导演一部戏，一部剧，这就是空的魅力所在。

好在，这样的时间是短小而精悍的，是无伤大雅的，是无害身心的，只是一次松松垮垮的放松，是一次木然地看待世界，什么也不想，什么也不做，好像可以叫作放空吧。

像空间一样，久了，就没有地方存放杂物了，大脑也一样，有一个时间，自己的身体和心灵都是知道的，心里空得厉害的时候，就让它空好了，这也许是人和自然的一种和谐相处。

做一棵树，站立在那里，做一朵云，安心地在天空飘浮，做一缕风，神奇地吹绿江南岸上的杨柳，做一抹雾，化作晨间淅淅沥沥的小雨，做一朵花，随着春天落入泥土，心甘情愿地看着泥土吸收了自己的营养。

做植物，安静地、自然地，立在那里，安身立命，自然为之。

只是这一刻，心里的虚空，会慢慢膨胀，将自己的心送到一个不可知的境地，这个时候，也不用慌张，因为这样的时刻是短的、是少的，因为尘世就在身边，时刻会打破这样的平衡。

这个时候，也不用胡乱地和陌生人说一些不着边际的话，也不用动用青春里少有的遗憾，因为这些都是最珍贵的记忆，何必要去破坏仅存的美感。

就让空空的心在太阳即将西沉的时候，收回目光，转动一下眼睛，伸一个大大的懒腰，作为这一段时间的奖赏，既然这样忙了，生活这样无趣了，我为什么不可以将自己放空一回。

这样想了，这样的时光反而有趣了，忙翻了的时候，也期待这样的虚空了。每逢假日突然来临，每逢忙碌突然停下来，每逢无暇顾及的时刻，都突然松弛下来的时候，不妨先让心空一会，就一会，就能找到下一刻要做的事情。因为自己又回来了，还是那个让自己喜欢的自己。

穷开心

说到穷，我觉得我比很多人都有发言权，而分量却不够。生在农村，家里子女众多，唯一的口粮来自土地上耕耘的几亩薄田，常常食不果腹，儿时吃过最好的零食便是爸爸从县城带回来的山楂片，一包里面装有十几片，家里孩子人人分一片，还舍不得吃，最后捂得软了，没了酸甜味道。孩子上学的多让男娃去学堂，女娃年纪稍稍长一点，寻一个婆家，嫁出去的女儿泼出去的水，所以无须精心培植，养活了便是。

所以我对穷是有着天然的认知的，在泥土里爬着，和猫狗为伴的日子不在少数，因为大人是繁忙的土地劳动者，他们有无数的压力在肩头。这只是对穷的最初认识，没有粮食没有饭吃，没有钱花，不能穿衣买菜，不能行走不能立户。

可是这份认知是浅淡的，随着年龄的增长，慢慢地蜕变了颜色，在记忆里带着淡黄的色彩。因为现在穷更可怕，没有钱，不只是吃饭穿衣，直接威胁到下一代的成长，在城里穷更是举步维艰。

穷，一样需要快乐，穷只是暂时的一种状态，自然是可以改变的，通过自己的努力可以变得不贫穷。

我要讲的当然不是如何改变现状，每一个人的情况不同，对穷的理解也不同。

甚至于每个人都缺钱，总觉得钱是不够用的。

穷人身负债务，衣食有忧，行路有难，盘缠不足，可是一样会按照内心去追寻，去获得快乐。怎么获得？

我觉得穷，最重要的是要过好当下，不要为了一件衣服舍不得买而将买衣服的愿望放到下一年。吃不穷，喝不穷，算计不到才受穷。可是一件衣服可以让你一个月都心情愉悦，节省下来的钱放到明年再去买还有多少雅致。

我听过最多的一句话就是：等有钱了，我要去哪里哪里。

等有钱了，我要做什么。

等有钱了，我要如何如何。

可是人的一生，有钱的时候又有多少时候，尤其对于穷人而言，可以脱贫致富已是莫大的本事，还有钱，啥时候是有钱呢？人生苦短，何必去等有钱了。

我经常听阿婆说，现在社会这么先进发达，可是我眼花了，腿脚不灵便了，哪里也去不了。早知道当年不省那几个钱，出去看看外面该多好。

我也听阿妈说，有一年集市上卖的花布衣十分好看，可是舍不得那些钱，只是记着那花色好看，现在却买不到了。

我听阿姐说，当年一心攒钱买房子，舍不得吃，舍不得用，房子买了，人却老了。

我听小妹说，妈妈，给我买一个呗，就一个。我笑了，小妹不经事，不知道钱来之不易，看到心里喜欢的就想要。

所以现在的孩子最幸福，他们知道自己的快乐是什么，而且毫不掩饰。

穷，这种状态的改变，是需要能量的，任何一种能级的跃迁，都需要熵变。

因为穷，所以更容易获得快乐。

喝一碗粥，觉得粥中养着身体命脉，笑逐颜开。

从田地里收割归来，豆大的汗珠滚落，抱着啤酒瓶的快乐，身体不觉得乏了。

播种扬起的种子，低头喝一口茶，浅绿的茶叶在嘴角荡漾开。

拎一桶泥浆，盖一座瓦房，搬一车砖头，砌一屋辉煌，他们真实地劳作，拿着低薄的工资，一家老小全凭此依靠。

他们就不敢去花这些钱，家里也不会挥霍这血汗钱。

可是我见过最穷的一家女主人的笑脸，她的笑声清脆爽朗，远远地就能听到，她养的孩子个个成才。

我见过她的一个儿子，谈吐非凡，自信和谦卑毫不冲突。

我问过他快乐吗？他说，他是听着他母亲的笑声长大的，什么事情都能在笑声中化解，她母亲的笑声，伴着他长大，再苦再累也不觉得。

我就问他母亲，为什么每天都可以那么开心。

她的回答震撼我。我们家那么穷，现在也不宽裕，一家人挤在一个床上，家里几乎什么也没有。我想，以后的任何一个时刻都会比当下强，我笑，因为我知道以后会越来越好，我笑是因为我觉得心里干净，这么穷了，就该多笑笑。

穷，更容易获得快乐，因为经历得多，任何一点改变，都值得举杯庆贺。

穷且快乐，精神世界却富足着。

穷，更容易去追逐精神的世界，那是一视同仁的广袤天地，曹雪芹有过富贵生活，却在穷困时著了《红楼梦》，蒲松龄每日备凉茶凉席于街口路边，和路人谈天说地，那些不如意的过去都不重要了。

印度作为一个生产力不发达的国家，却是瑜伽的发源地，他们能够通过动物、植物和世间万物研究出一套自我疗愈法，自我练习的一整套知识体系和实践体系，是值得我们去学习的。

这么多年的写作，没有从中获得过什么金钱的奖励，可是被关注却让我心潮澎湃，被评论让我乐如稚子。

有些时候，快乐不是金钱能衡量的，有时候，穷更要去获得快乐，接近快乐，与快乐长相厮守，终会离开穷困，离开金钱的桎梏。

忘记烦恼，该睡觉时就睡觉，穷困只是暂时的，日子会越来越好。快乐一点，乐观一点，打开紧锁的心门，敞开心扉去拥抱风雨阳光，还有彩虹。

满屋月光

一年中，最难得的时光是一屋之内，唯有自己，深夜之中，放飞思绪，满屋月光作陪，任由回忆和月光翩翩起舞。

幸运的是，每年总有一段时间，我是自由的，时间自由，身心不自由，孩子的牵绊，繁杂的事务，所以我一直在寻求孤独的感觉。

我不是一个会作的人，我只是想自己一个人，躺在一张桌上，世界只有我，那片刻的安宁和自我。

我的世界里，恍惚间，早已没有了我，便想去追寻一个人的孤独，但不孤单，我要自己陪着自己。

月光从阳台移到屋内，打在窗前的地面上，我看着月光白白的，像天使的脸，温柔地潜入孩子的梦乡。

我睁着眼睛，看着白月光盈满一屋，时间仿佛静止了，有一种幸福感觉从我的心底涌出，这种感觉无关金钱，无关现实。但是不是虚无的，是真切地萦绕我的全身，我不由自主地笑了。

昨夜偶有笛声在窗前响起，我的灵魂舞着轻纱，和高悬的月一起，在绵绵的云朵之上轻盈地飘动着。

我的人生平凡寡淡，但是此刻，我却觉得富足安康。

一个属于我的时空，没有嬉闹，没有纷争，没有争吵，没有诱惑，也同样没有烦恼，我安静地数着年轮，我平静地接受岁月带给我的皱纹，我抚摸着时光留给我的一切，安定淡然，并且轻松。

我躺在铺着粉色条纹的床单上，心思早已不是少年，可是我还是迷恋粉嫩，全然不管粉色和皱纹的冲撞，我爱上了满屋的月亮白光，它让我的心舒展得像一朵白莲花，开放，深夜里迷人的香。

任谁也不知道，夜里我的喜悦挂满眉梢，喜鹊都跑来我的身边，闻着我的快乐，是那么张扬，这快乐和夜是那么相配，不去扰乱任何人，只是我一个人孤独的快乐。

自由地奔跑，我的思维，别样的心情，坐在今宵的月亮之上，看岁月的两岸平凡和奇迹。

夜渐渐深了，我能听到风稀稀疏疏地轻轻推着月光，告诉月儿该歇歇了，天就快明了，新的一天也要来了。

我揉揉我并不困倦的眼睛，目送月儿攀过枝头，越过墙根，我们相视而笑，有你真好。

月儿像温柔的手，在我身上铺满荣光，我感觉疲乏了，陷入甜甜的梦乡。

夜去了，我睡了，喜悦填满了我的胸腔。

每年总有一段时间，我和夜总要这样相顾无言，喜悦当头，我被月儿揽着腰，上了九霄之上，我指着那高高云裳，月光，我们不分不离可好？

《呼兰河传》，让我看到一个斑驳的世界

今年，读的书很少，案头一本《呼兰河传》也是因着书本装帧得小巧好看，当我看着萧红两个字映入眼帘时，我便借阅了来，一再续借着，读一遍只觉回味无穷，我连着两天都在重读。经典的作品往往经过时间的流逝而不会凋零，越是显得花朵盛开，花开不败。我对这本书的喜爱，简直不能用言语来形容。我有一个特别的习惯，睡前，喜欢翻两页书，眼皮一会就抬不起来了，便滑进被子，安然入眠。我喜欢短小的文章，因为短小不用耗费多少时间，倘若是长篇，我可能看着后面的，前头已经忘光了，可是《呼兰河传》却不是这样的感觉。

初读《呼兰河传》，我被萧红那种特别的童真般的描写所打动，我看到那些景致在她的笔下好像活了，看到满园的花开了，她和她的祖父，在园子里，过着快乐的生活。

那些黄瓜，那些爬上墙的植物，带着果实，童年的萧红，坐在那里观察这个世界，她看到屋外的风刮来了冬天，她看到鸟儿飞到了天空，好像都有无限的本领，都可以做自己想做的事情，那么自在，那么自由。

呼兰河，一个小城，可以记载的就两条主街，从南到北，从西到东，那十字街的繁华足以和现在城市的市中心媲美。那里的人物，风土人情，在萧红的眼里，都是活泼的，都是寻常的，都是可以记录的，都在记忆里，多年以后，三十岁前，拿起笔，用她神奇的笔描写给世间人。虽然当时以战地的一些题材为潮流，但是她的这种逆向的、特殊的记载和记录，描写和描绘，透过历史的尘埃，在现在的世界里，成了珍贵的文学宝藏。

文章里的前奏是流畅的，她的童年是她一生中最快乐的日子，没有欺负，没有挨打，没有饥寒交迫，也没有白眼和尘世。她在她祖父的保护下，过着童年该有的日子，她调皮。她主意多，她对那个世界充满好奇，她背着唐诗，她中意的都是带着可能的吃的东西，还有那春眠不觉晓的乐感。

那样的童年，我想了想，我都是没有的，所以从这样的角度来说，萧红的童年，在其祖父的启蒙下，过得不可谓不圆满，可是世界上本没有圆满的事情，所以在她的祖父离开人世后，她不得不受父亲的挑剔，她不能上学，她要逃走，她喜欢学习，她喜欢文字，她喜爱文学，胜过一切。

这虽然在《呼兰河传》里写的，但是电影《黄金时代》里力图将萧红的一生展现，我看《呼兰河传》，并不急着将内容看完，我慢慢地、细细地，像品一杯茶。

热气氤氲的时候，我看着袅袅的炊烟起，我想到那是一个什么样的小城啊，我最同情的一个人，莫过于那个童养媳了，她那么小，可是她长得高大，大约 12 岁的样子。

因为家庭，她被接到了婆家。在那里，她黑黑的，是个极其健康的孩子，她看到谁都笑，没有一点害羞，她是多么活泼的一个女孩子啊，萧红很喜欢和她说话的。

可就是这样的一个健康的孩子，硬是在愚昧的婆婆手里，被打到噩梦四起。婆婆因为一点零星小事，就在这个孩子身上出气，孩子被吓破了胆，夜里号叫，像中了邪。

愚昧的小城里，一波又一波的人到了童养媳的婆婆那里，说着各种偏方。就这样一出又一出，这个孩子成了愚昧的牺牲品，热水活活地从她的身体上浇下来，她晕了过去，冷水泼了下去，继续扒光衣服投进热水，滚烫的水，终于结束了孩子的生命。且不说前面那些招数，婆婆剪掉了她的头发，谎称这是一个妖怪，本来可以存活的生命，就这样被葬送了。

这个孩子的生命，就这样白白被消灭了，所有的帮凶竟然没有一丝的愧疚，继续消耗其他可疑的人，卖豆芽菜的女人，死了孩子的女人，有二爷，还有磨坊里的男人，他的女人生了第二个孩子，就死了。

在那个小城，死人，是常有的事情，跳大神是极大的热闹场子，男女老少都集中了去看，有时跳着跳着，那个请人的家里病危的人就咽气了。

但是不妨碍继续跳大神，继续看热闹，继续过着寂寥的人生。

满天的星星，满屋的月亮，人生，为何这么悲凉。

怎么会不悲凉?

我看得眼泪都流了下来，我看得夜都停止了转动，白天恍惚不是白天了。

我看到一个极会写字的女人，她越过栅栏，她跳过河床，她拼命挣扎，可是抵不过时代的步伐，她倒下来了，她的眼睛不知道是闭着的还是睁着的。

可是她真的走时，随着时光的流逝，人们忽然发现，她的作品那么震撼人心，谁不知道饥寒，谁没有饿过，可是只有她写得那么触目惊心，文采过人。

也只有萧红，因为《呼兰河传》，我熬了三个晚上，去看她的一生，那是一篇很长很长的记录，看着人们口中叙述着那些过去的日子，哪里都有萧红的影子，我便看到那个围在祖父膝前，摇头晃脑背着唐诗的女孩，她透过窗户，正在看园子里的花开，看四季过往，还有遥不可知的未来。

长大，终究没有好起来，最美是她的童年，还有，呼兰河的乡土人情，祖父的爱留在那里，那里就是她最美的记忆，因为爱，因为保护，因为没有尘世，她留下了这些鲜活的小城。

她是一个伟大的女作家，她也是一个浪漫的女人，我看到了她的童年记忆，忽然开始怀念那些逝去的年华。

把自己变成一朵云

我写散文时成了什么

天空中飘着小雪花，就这样极好，雪花落在身上，化作点点细雨，滴在掌心，又变成一朵云。

站在院落里，周围安安静静，是我最向往的，如果吵闹，我也不会皱起眉心，因为我知道，只要让我手是空空的，心是恬淡的，我就能写一篇篇珍爱的散文。

每一次被散文专题收录的文章，都是我成为一朵云的时候。那个时候，我自己很松很松，松得没有一丝杂念，又很轻很轻，轻得像一片羽毛，随意在空中舞蹈，又很软很软，像一个婴儿，躺在妈妈的怀里。

我渴望着如云得云的日子

我渴望如云的时候，没有羁绊，没有牵绕，心静如水，缓缓地在天空游移，我的情绪都是松软的，像一些从毛衣上松下来的线，全部铺开，握在手心里，软得不像话。

我喜欢写字的时候，下巴微微抬着，和地平面平行，我脸上带着光彩，好像在做一件极幸福，也极快乐的事情，此生我愿与文字为伴，我快乐时，字也是带着笑意的，我悲伤时，字如我的孩子，满眼泪花，它知道我的伤，也懂得疼我的痛。

我常常在夜阑人静时起床，为熟睡的孩子掖好被角，披衣而坐，我打开一盏灯，我自己一个人也很满足，只要我可以写字，只是我的时光太少，属于我自己的时间都是在夜里，我对着昏黄的灯光书写我对文字的爱，对生活的爱，对生命的爱，对周遭的爱。

清晨的光渐渐透过窗帘，我揉一揉眼睛，告诉自己，还可以揽着孩子躺一会，我这么拼，不过是想热烈地拥抱生命，可是如果燃得太急，并不会长久吧。

我爱云如命

我不得不改变策略，只要可以，我就将自己变成一朵云，我在空中舒展着双臂，然后我没有了身体，淡淡的，云如蝉翼，轻柔地抚摸着天空的痕迹，不用赶着去绞尽脑汁地想长篇小说，不用赶着和时间赛跑。来简书前，我已经写过两部长篇网络小说，那个时候，每天想着日更，心难免会急躁，后来我知道了这样一个平台，我知道在这里可以记录我的感悟，我的体会，我的生活，飞鸟飞过天空，只因它来过。

生活中，我很难时时成为一朵云，只能偶尔成为心中所想，但是那已经足够了，我不贪心，我很容易满足，我的心很小，时时会忘记自己还有心，我记得很多时候我都是无心在生活着，生活着，脸上带着欢快的神色。

我化云时，云时而大，时而小，时而如卧如站，时而东奔西走，幻化无形，都是我，我都喜欢。因为这个时候，我已经将自己烘托好了，只要指尖点笔，便成了一个个轻快的文字，串联成音符，谱出我心里的歌曲，我不能歌唱，我听得懂旋律，在我心里，这就是最美的歌。

成云时领悟

散文，小而精，五脏里有着灵魂，它美好，拾起世间最美的珠子，它形散，时常无招胜有招，打动着人，它神不散，有着最动人的心灵，我时常在追逐的就是散文的精髓，时而不得，我也不苦闷，因为路漫漫其修远兮，吾将上下而求索。

散文的写作，是一个修心的过程，将自己松软成一片云，也是修身的过程。我常常站在窗口，脚立在垫子上，虔诚地软化自己的身体，自己的灵魂，我常常会突然觉得，我变轻了，轻入云霄里，飞来飞去，意识也开始慢慢涣散，我好像就是一朵云，在不断变化的形体里感受柔软的美。

教育是一朵云推动另一朵云，我觉得给教育下定义的人，一定是一个诗人，同时也是一个热爱散文的人，我觉得教育不一定在学校里实现，也可以在社会上，在生活里，在与自己的沟通里，在自己修身修心的过程里，也完成了教育的渡化。

水云之间

记得小时候看琼瑶阿姨的催泪戏，她的文字里都是诗意，女主人即使切菜做饭都是仙衣飘飘，那时我以为生活都是这般诗情画意。后来我长大了，才知道即使生活一地鸡毛，还是要有一点浪漫情怀，不然裹挟在生活的重负里，常常忘记内心最初的悸动。如我看见你，还有少女的羞涩，那不是爱你，也不是喜欢你，而是触到你的眼波，我生怕不如你意。

我有花一朵，红尘里，我来过，花会落，人会走，但是花温暖过我，我也给了花拥抱和肯定。我喜欢花朵一样的云，带着清淡的香味，如果再绵长一些，带着我入梦，我会躺在云朵上，一直不起，花在人在，云留人留。我是水云间里长大的姑娘，长衣白裙曾经撩动我青春念想，我在浪漫的电视剧中耳濡目染，我知道生活里有很多时候需要仪式感，那么今天就让我做一件奢侈的事情，抱走孩子，清理好房间，关上门，把喧闹留在门外。

打开一扇窗，和上帝的一样，闭上眼睛，轻轻地把双手在胸前合十，随着饱满的吸气，脊柱一节一节向上延伸，感觉到头顶可以碰到天空，将腹内的胀气全部挤压出来。缓缓地呼气，气流随着身体下沉，沉到脚趾，落到地面。我身体慢慢地成水，没有一点压力，没有烦恼，女人本来就是水，我飘过天空，看到我儿时在地上画的《绿野仙踪》，我来到云端，成了一朵云，没有意识，没有了身体，我是云，一朵带着玫瑰花香味的透明的云儿……

那年冬天

我喜欢花，看到花就容易走不动路，必须捧一束，或者求一朵才甘心，朋友都喜欢戏说我是“花痴”。我只是憨笑，我是恋花，不是蝶，是一个山里的孩子。山里的孩子与花似乎格格不入，更适合在山间野跑，与风为邻，而我只愿裁一朵云，云游四方，看万种花朵。

我出生在冬天

那年冬天，天出奇的冷，大人们都躲在火炉边，讲一些玄幻的传说，还有一些神奇的故事。听母亲说，我出生的时候，天空飘着雪，漫天飞舞，我便有了一个好听的名字。

每当听到别人在我身后喊“花雪舞”，我就会咯咯笑出声来，生在花家，痴恋花朵，平生爱雪，舞一曲终老。

雪舞是一个很文艺的名字，我喜欢自己喊自己的名字，有时候我会对着草间的小花自言自语。

我时常会在上学的路上逗留，蹲在路边看花，小小的黄雏菊开满山路，我会沿着山路和雏菊说话，我还请求它多开一会，等我长大。

母亲寻到我的时候，我正在和一朵野百合对视，我把美好的时间都浪费在自己欢喜的花朵上了，少不了老师们的冷眼和父母的呵斥，我心不改。

我是大人们眼里的问题孩子，只有母亲对我和善，她时常拉着我的手说："孩子，妈妈知道你是好的，如若真的喜欢花，何不好好学习，走出大山，那里有更多鲜艳夺目，震撼心灵的花等着你。"

我似懂非懂，山外是什么？我开始自问自答，山外边一定还是山吧？我不确定，我开始看书，书籍有限，我开始啃咬书本，课文里有巍峨的高山，挺拔的椰子树，还有摄人心魄的花魂，我越来越觉得母亲的话是对的。

夏天时我想走出大山

走出大山成了我小小心灵的阳光，我记得春天，漫山遍野的红杜鹃，我睡在花丛间，我问杜鹃花，"山外是什么？"

我闭着眼睛，任由阳光打在我的脸上，春风拂面，痒痒的，我学会了幻想，我觉得蒲公英的种子在我的手心飞落，落在山外，我的梦乡里。

时间开始加速，我还不知道夏天是如此热，汗水顺着我的脸颊流下，我和妈妈一起在小溪上泛舟。

最美不过孩童时，没有杂念，我伸长脖子，为了一睹荷花的容颜，"采莲南塘秋，莲花过人头。低头弄莲子，莲子清如水。"因为这些诗句，我栽进了河里。

夏天的炙热，让我萌生了走出大山的豪情壮志，为了绝世花朵，我必须考上初中，那个时候初中也要考，何况高中。

我的发奋努力，也换来父亲的一点笑脸，可好景不长，因为最终没有反映在成绩单上，我躲在山后的花中，痛哭一场。

失败坚定了我走出去的念头，我在深夜里踉跄出逃，丢下一封信给母亲，我现在能想象出她的失魂落魄。

秋天时，我还在梦中

我迷路了，在山脚滑到路边，衣服都破了，血迹斑斑，我想我一定会死掉，因为黑夜给我压迫感和恐惧。年纪轻轻的我有点敬畏死亡，不过为了花死，我不后悔。只是我还没有见过山外边的花，我哭了，泪水淹没在夜色里，夜晚的秋冻僵了我。

村民发现我的时候，已经奄奄一息。好心的大妈给了我一床温暖的被子，我躺在柴房里，觉得这是我生命里最华丽的房间。我看到死神在我面前走动，我还看到天使挥动翅膀，晨光熹微，我闭上了眼睛。

我想念母亲，她给了我生命，我还没有来得及报答，就让她失魂落魄，我是一个自私的孩子。

我的泪顺着脸颊流到头发里，弄湿了枕头，还有心灵，我是雪舞，不曾为母亲解忧，我摇晃着身体，想要回去。

我要告诉母亲，我也爱她，我不想她伤心落泪，我的存在似乎是一个累赘，如果我成为门前的蝴蝶兰，日日守候着她，会不会更好。我虚弱的身体，飘忽不定，母亲啊，我也可以成为一株风铃草，随你喜欢。

可是我找不到回家的路，我意识涣散，我眼前一片模糊，还有许多奇奇怪怪的影子。我看到黑色的乌鸦在头顶盘旋，它对我说，快放下吧，放下。

我回来了，妈妈

我的梦很沉，当玫瑰花的香味到了我的鼻尖，我才睁开眼睛，母亲站在我的床头，一脸憔悴，她脸上带着笑容，将花举过我的头顶，她吻了我的额头。

“你在梦里，我带来一束玫瑰。”

妈妈笑着将花瓣一片一片地撒在我的身上，我的嘴角也有了笑意，外面忽然飘起了雪，气温变得很低很低。

妈妈脱下棉衣盖在我的身上，红色花瓣落了一地，玫瑰花香绕着我的手指和鼻尖。

雪花飞舞，地面上落了白衣，妈妈抱着我，来到雪中央，我睡在雪里，身体忽然变得很轻很轻，薄如蝉翼。

我从妈妈的手心里飞起，和白雪一起，旋转，不停地旋转，踮起了脚尖，玫瑰花四起，我在白雪皑皑的冬季，舞了起来。

雪花落，我的指尖触到花瓣，我慢慢化做花瓣，幻化成水滴，落在地上，飞到空中，蒸腾，化雨，化雪，化作新的生命，我听不到母亲捶地的哭喊，我看不见父亲叼着烟袋来回地走，我做了最想做的事，我唯独没有陪母亲。

雪停，我被深深地埋在白色城堡里，那里是我最好的家，我想在那里种一地的花，为母亲天天送上忘忧草，一生快乐，为自己种满玫瑰花，让一万朵玫瑰陪着我生生世世，我愿为花永世。

后记

什么是生，什么是灭，不过是轮回，前世今生里，谁在谁的目光里沉醉，不过痴迷。我是一朵花，开在尘世里，离开了妈妈的怀抱，山水间走一遭。雪中来，一世纯洁；雪中走，舞一曲终了。

生命往往短暂，爱或不爱最后也许都不重要，念花向花一瞬间，忽然明白，千山万水之后，最美的花就在眼前。

一碗汤

被子是寒冷冬日最美好的归宿，我窝在被子里，不想醒来，斜阳挂在薄纱窗，我眯着眼睛，今晚我只想懒洋洋。

做什么才可以有精神，我已经慵懒到和猫一样，甚至和猪无异，我不能在这样的天气里任由自己，我要起来，做一点事情。

看一场电影，在偌大的影院，那么多人，我有点不习惯。

逛街，我想，拥挤的人群，我会压抑，我提不起兴趣，虽然我也是一个女人。

那我要做点什么？我不断地问自己，终于斜阳越过窗帘，走远了，我才下定决心。

约一堂课，静静等待时针旋转，到了点，我披上衣服梳洗，只为轻柔的音乐和舒展的身体，在馆里安详地闭着眼睛。

今夜温柔，我腮边带着笑，溢满酒窝，我看着华灯初上，晚上要怎么填饱肚子。

电话不期而起，那头温和的声音在耳畔如春风拂面："要来吗？我为你炖汤。”

为我？大脑一时间失去思考，我还有人记起，我还可以在灯前绽放一个笑脸，因为挂念。

“好啊。”我说。

我要提起红裙，做好一路奔跑的准备，忽然我的手被人抓住，我急忙回头，我惊住了。

他脸上带着波澜不惊的淡然，眼神里有今夜最灿烂的星辉：“你要去哪里？”

换我呆住，我只是不说话，让我好好想想面前的这个人到底是谁？不是离开了吗？为什么会突然出现在我眼前。

我没有将热泪流淌，我早已过了感动的年纪，我抽出自己的手，装作若无其事。

“你确定为我留一碗汤？”

我看着车来车往，期待他的回答，又害怕他回答。

“只要你愿意。”

良久，他吐出几个字，落在冬日的空气里，瞬间成了冰，我看到粉色的爱心漫天飞起，在我周围，将我托起，如果说飘飘然是飞起来的样子，我想此刻我已经成仙。

我走在前面，双手插在裤兜，围巾包裹着我小小的脸，为了一碗汤，我是不是真要把自己的后半生交付，我不知道。

但是风无言，我们一起坐下来，汤热气腾腾，我低头去尝，把手中的汤汁当作琼浆玉液在啜饮，此刻我是幸福的，因为温度刚刚好，我决定尝试。

人生不就是无数尝试吗？当年我可以为一个彩色的糖纸在马路边不停寻找，我可以为了软糖，和一个男孩一起逃学去排队领取，今天我想是不是可以为一个暖胃的汤而放弃漂泊，从此固定，我要认真思考。

夜无言，我头枕着思绪，有点无奈，又有点欣慰，人生就是无数的不完美组合成寂寥而喧哗的一辈子，我觉得，人生如酒，今宵别梦寒。

我翻转身体，闭上眼睛，黑夜盖住我的寒冷。我会做一个梦，春暖花开时，我坐在海边，梦里，我愿意喝一口咸涩的海水，然后大口喘气，梦里我笑了，因为我知道明天，我还会去寻一碗汤的幸福，只要电话响起，我只需安静地等。

如果忙

夜深人静时，我喜欢轻轻扣一扣我紧闭的心灵，我喜欢在黑夜时，抹去眉心里的皱纹，然后将双手合在胸前，虔诚地和自己进行一场对话，漫无目的，沉沉睡去。

如果就这样酣睡到天明，我是十分开心的。可是如果现在我告诉你，2016 年还有不足二十天，你会不会哑然无眠，回顾这一年，好像什么事也没有做，看看年前所列的计划，是不是还没有开始。

不用歉疚，因为我甚至都没有列计划，我什么也没做，连原地踏步都不算，每日奔波，麻木，婴儿的啼哭，孩子的吼叫，还有无数眼泪落在我的衣襟，作为一个灵魂的工程师，我是不称职的。

自由职业是我最向往的，因为自由，我追求自由，我开始怀念一个人无拘无束，所谓家庭不过是一个笼子，里面装满了责任和义务，我从来没有在围城里获得半刻安宁。

因为忙碌，总是没有任何让人喘息的机会，白发毫无知觉地爬上我的鬓角，没有任何商量余地，我老了，还后知后觉。

对，好像我从来不曾在明晃晃的阳光里，认真思考一回我这寂寥的人生，我为什么来，要到哪里去？我来这个世界，要留下什么痕迹，似沙砾在海滩，渺小而孤独。

我为什么忙？我要忙到什么时候？我没有问，只是像陀螺一样旋转，晕头转向，没有知觉。我满身汗水，却没有我想要的结果。

如果忙，有意义，也许内心是充盈的，可是我的心一直虚空，我不知道在什么地方可以找到充实的云，抚摸我皱巴巴的心，还有可怜的梦，我躺在软软的云朵之上，会是一种什么体验。

我不想忙碌，可是生活不是不想就可以停止，或者倒带，如果真的可以倒回去，那世界会不会乱套？谁不想改写一下人生。

哦，我不想，因为太容易改写的，绝对不是命运，再给我一次机会，不过是徒增伤悲，因为我会重蹈覆辙，我在浑浊的人海里不停煎熬，怎么能轻易不瞎忙。

如果忙，能不能给我一间小屋，让花朵铺在我小屋的门前，牵牛花、薰衣草，最好还有满天星照亮小屋的夜。

小小的屋里，我穿针引线，做一堆蒲草垫子，青青绿绿的花丛中，我安静地等待有缘人经过我的小屋，我们煮茶对饮，扬起发丝，笑声穿过屋顶，留在门后的山坡上。

如果忙，能不能给我一盏灯，我把灯光聚拢，橘黄色的灯光下，是我瘦弱的坚持，等一个时光流转，我为谁望穿秋水。

如果忙，能不能送我一缕风，将我的白发吹走，还有我眉头紧锁的烦忧，让我安心为世间忙碌。

如果忙，还没有可见的未来，那我宁愿，在我狭小的屋里，种一棵风铃草，捧着微弱的光，乘着风，远走他乡，一样地忙碌，何不把千山万水走遍。

如果忙，不要像我一样，人间反例已经太多，给世人一点想要的结论吧，而我可以作为少数碌碌无为的一个人，世人忙碌而充实吧。我带着爱看着这个城市和周围，每夜祈祷，晚安吧，我爱的人间。

写作的快乐

人世间很多事情，如浮云般变幻莫测，没有那么多原因，喜欢就是喜欢，不喜欢怎么强求，到后来都是枉然。生活的意义有千百种，为什么我喜欢写作这一种呢？因为我喜欢和心灵对话，喜欢将文字一点一点地堆积成山，随着岁月的打磨，沙砾一颗一颗从指缝流走，从无到有的喜悦，从有到无的释然和了然于胸，看世事变化，我的心是渐渐丰满了。

喜欢，哪有那么多理由，凡是有理由的喜欢，都可能不是内心最初的悸动，是一眼入繁华，还是一面之缘，终身不再忘怀的刻骨铭心，如若问一问爱人，为什么选择和我步入婚姻殿堂？他多半是吞吞吐吐，表现得不够爱我。可是我就是喜欢这样的笨拙，这样的呆萌，这样的可爱，在我眼里，这是最好的状态。

如若问我，为什么喜欢写作？半根稻草不入手心，连脚边的一点泥土，都是从故乡带来的，这样无欲无求地写作，真的可以给我快乐吗？

如果我回答，真的可以，是不是有点不合时宜，现在的社会，那么多的生存压力，那么多的欲望和诱惑，怎么可以保持初心，笔耕不辍？

文章阅读量少，点击率低，就不艳羡那些动辄阅读量过万，点赞过千的爆文？

当然，羡慕是有的，可是这不足以阻挡我继续写作的笔尖，在生活中，我总是能找到一些时候，喜乐也好，哀愁也罢，总会有一种无形的推动力在推着我去写我的心中所想、所见、所闻、所感、所悟。

好像我想的那些事情，十分有趣，如果不写下来，我就会忘记，我曾经那么有趣的生活，那些想法好像带着某种特殊的魅力，让我不动笔，心里就痒痒的，难受极了。

好像我见的那些平凡琐事，里面蕴藏着极大的财富，抽丝剥茧，逐步露出珍宝的光彩，我的笔就是那埋藏在地下的岁月之手，因为日光，而重见天日，怎么能不记录在案，放在心头呢？

好像我所听的那些故事，都带着神秘的色彩，那个大大的池塘里，真的有成了仙的乌龟，它们偷天换日的，看着那个小城，可以给前来跪拜的世人们一点药丸，红的、绿的、黄的，只要吃下去，就可以除百病，一生平安。

好像我的感受，是那么的强烈，即使夜阑人静，即使月上高楼，我还是披衣而坐，拿起我的笔，这个时候，那恍惚不是笔，而是时间的安排，命运的造化。我不再是我，我超脱了，我飘于天空，躺在月亮的怀里，听夜间的虫鸣和鼾声，世界都睡了，唯留下我，在看着，看着这个世界。

好像我的领悟，是慢得多了，我不停地将我的思维触角，伸展开，我不停地拉着我的筋骨，我的二十四节脊柱，在一节一节地往上延伸，觉得我的头顶几乎碰到了蓝天，我成了猫，我成了虎，我成了犬，我成了树，我是世间万物中唯一的一员，因为写作，而留在这美好人间，仅仅数年，也许这就是最好的黄金时代。

我心里盼望着，花落我在，花开我也在，我看着花开花落，听着潮水来了又去，我坐在我最喜欢的蓝天之下，看着大海，那蓝莹莹的海水，和天连成了一片，分不清哪里是天，也分不清哪里是地，我置身在天地之间，觉得人生是好的，即使遭遇了许多苦难，困惑，难题，可是此刻，我却觉得自己是幸福的。

因为那浓浓的蓝色，带着静谧的味道，它安抚着我的心灵，还有潮湿的灵魂。蓝天碧海，海水来到我的脚丫，还有那些风一吹，就奏响音乐，我顺势躺在沙滩，让沙子盖住我的身体，我听着海风和音乐一起歌唱，那么柔和，那么唯美，我闭着眼睛，感觉远处海水嬉笑地过来，海浪溅起的水花落在我的脸上，我笑了，心也跟着笑起来，我就那样躺在海水旁边，从头到脚，全身放松到极致，我竟然就那样似睡非睡地做起梦来，我看到我拿着羽毛笔，在一个牛皮纸样的本子上，开始快乐地写起我热爱的文字来。

这样的热爱，带着快乐，有时也带着痛苦而来，我从来没有发现，哪一种意义有写作这样好，我即使带着烦忧，写完，我也忘记了忧从何来，我就自然而然地欢快起来。

因为没有名利的牵绊，也不可能牵绊我，我为我的心而写，我爱着这饱满的生命，因为生命的短暂，我珍视这一切，每逢拿起那支笔，我整个人就像一只蝴蝶，在花朵周围跳跃。

生活已经够紧张，唯有写作可以让我放松，让我成为我，那样甚好，不去想那些充满压力的事情，指尖触到笔后，我的眉心就开始舒展，我的那些见闻，如电影一般，生动流畅起来。

我想你了

休息日能得到休息是极大的幸福，如果得不到休息，能得到想念，也是一件极其甜蜜的事情。

只是很多时候，你未必知道，你被别人牵挂了，念在心里，想在记忆里，那么深刻，好像刻在桥上的印记，那么久远，水漫金山桥依在，字迹依然。

你被记在了我的心里，而你却不知道，想想都觉得很浪漫，不是吗？

这样，被世界的一方呼吸的人，男女老少，老人孩子妇人少女，记挂着，活着是值得的了。

那些伤心的往事，那些痛哭流涕的过去，那些摔伤的膝盖，那些噩梦的黑夜，都不复存在。

有的是一抹春光，带着花儿绽放的笑脸，迎着雨露朝霞，带去霞光万丈，眉心印照着舒展的内心。有的是一刻夏日，疾风吹拂的发丝，丝丝飘舞，汗水是那么淋漓。有的是落叶的秋，片片黄叶堆积，成一幅秋日美景，有稻谷的甜味，农民咧开嘴，开怀的笑声。有的是抬眼，一望无际的白雪，迷幻了我们的双眼。

四季流转的光阴里，痛苦不再，烦恼不再，渐渐增长的年轮里，心慢慢变大了，笑对人生百态。

我想你了，你鼻尖痒痒的喷嚏，时时提醒你，有一个人记挂着你，好好珍惜你的现在吧，好歹，你是有被喜欢的，被想念的啊。

开着的窗户，敞开的心扉，有没有一刻，觉得人生不过如此，人生就应该是这样。

那些没有体验过的生活，已经在梦里出现了千万遍，在那些虚度的年华里，已经结满了青苔朵朵，无论用什么方法，阶梯上的草绿都不肯过去，它倔强地告诉我，时间就是这样没有了。

没有了，我便长大了，长大了，就老了，实在是太匆匆，可是这又怎么样呢？

就让它匆匆吧，我们依然在行走，依然在前进，依然在不断向着更好的方向延续着我们的触角。

我们伸展着我们的身体，灵魂也在得到前所未有的升华，因为我们会好起来。

就像太阳会照常升起一样，我们肯定会越来越好，这是事物发展的规律告诉我的。

你不用知道这些，但是你一定要知道，在世界的某一个角落，即使你觉得自己一名不文，但仍然有一个人想念着你，记挂着你，甚至爱着你。因为时光的河流啊，太湍急，无法告诉你，但是那个角落的心一直都在那里，默默地祝福你，希望你越来越好。

我想你了，就是这样简单，不管你贫穷或者富有，不管你简单贫乏还是才华横溢，你的能量所对应的方位里，总有一个人在想你。

当我老了

人的一生，说长也长，说短也短。我曾经还在思考奥斯特洛夫斯基说过的话，我想，当我老了，会是怎样的心境，会满意自己的一生吗？

时光飞逝，转眼之间，白发上头，皱纹满脸。我时常会坐在椅子上，不由自主地回忆往事，我记不清我的一生做过什么大事，我只记得，我的年华就这样从我的指尖溜掉了，抓不回来，手也开始微微颤抖了起来。

炒菜的时候，我的手会抖，放盐的时候，盐就被抖进锅里，有时候抖得多，有时候抖得少，于是菜不是淡了，便是咸了，孩子们还算好，从不和我计较，依着我的手艺，过着自己的生活。

我怕有一天，当我的手连抖都抖不动了，会是什么样？孩子们会嫌弃我吗？我会成为他们的负担吗？我是不是应该果敢一点，愉快地过完一生，不给家庭造成负担？我思考得多了，夜就长了。

我的睡眠忽然之间就变少了，我睁着眼睛望着黑漆漆的夜，我想，我的人生是不是就要结束了，一股莫名的恐惧袭击着我的心，我的身体开始紧张了，我不怕死，可是我怕寂寥的孤单，我怕，我一个人，在毫无光芒的路上行走。

我病了，头脑发热，连床都不能下了，孩子们将我送进医院。医生为我诊断，后来，和蔼地看着我：没有什么大事，小毛病，该吃吃该喝喝，放宽心。

难道我紧张过度了？孩子们说，妈，您还年轻，以后还要带您去看看外面的世界呢，妈妈您要好好锻炼，有一个好身体啊。

我点头，我知道，到了我这个年纪，要自在一点，要糊涂一点，要开心一点，余生都是我生命中最年轻的一天。

于是，我开始难得糊涂，当和伙伴们一起出去看花灯，偶遇老朋友，两个人拉着手，话了半天的家长里短。末了，她怎么也想不起我的名字，我笑，名字不就是一个有利于记住我的代号吗？

现在不用名字你也记得我，不是挺好的吗？老朋友的孩子偷偷告诉我：阿姨，我妈现在有点老年痴呆。我笑，谁不会老，谁不会呆，她只是难得糊涂啊！她的明天，可能也是我的未来，对她好，对她孝顺，因为她现在和初生的婴孩一样需要呵护。

我也开始糊涂起来，时常忘记孩子给我的钱被我塞到哪里去了，甚至记不得昨天吃了什么菜，更记不得上一周的天气，这些已经过去的事情，我没有记住，也不想记住了。

孩子们开始窃窃私语，议论我是不是糊涂了，我好想告诉他们，其实，我是老了，我偶尔也糊涂，我享受我糊涂的时候。

一辈子那么短，现在不去分析优劣，不去计较得失，不去纠结成功与失败，我只是单纯地想，认认真真的，在这个生活的圈子里，体会这每一步走过的路，看路上的花和落在地上的叶子，我只是什么也不想，我什么也不屑。

我想和孩子们说，老年人，并不是完全糊涂，难得糊涂，也是一种境界，是将自己融到周遭世界，只是用自己的双眼、双手、双脚，去丈量我这仅有的一方天空和一寸光阴而已。

当人生走到尽头，我想，我总算用生命最后的一点时光，看初升的太阳，抚摸地下的花瓣，还带着一点馨香。我哪里是天天糊涂，我只是用我独特的方式和这个世界去告别，因为我热爱着脚下的这片沃土，眼含热泪地祝福这个世界，当我走后，身后仍然有灿烂的阳光，美好的世界陪着我们的孩子，我们的子孙后代。

晴天遐想

刚睁开眼睛，眼前竟是这般透亮。在窗帘边翘首以待的阳光，终于重现了，光芒万丈。

我开心得手舞足蹈，天终于晴了，这么多天，宿舍走廊里全是黑压压一片的湿衣服。

床上的被子也有一股潮味。

天晴了，湿漉漉的地面很快就会干透，阳台站着队伍的被子和衣服很快就会迎风飘扬，在金黄色的光里随意跳动了。

闲庭信步在幽幽小道，沐浴在暖阳里，满心欢喜。更别说那携着清风、临湖看镜中的自己。

湖面如镜镜如纱，看那绿色如茵一前一后悠然相伴的祖孙，看那洁白的鸽子在湖边找吃的，走来走去，好像在自家后花园，完全不怕人，小孩子去捉它们，它们都不飞起来。眼前的所有组成此刻最美的风景。

阳光挡住了风雨之后，晴天必然会再次点亮我们的生活，没有阳光，万物归尘。阳光总会来的，风雨之时不必紧张。

所以我们的心灵，不可一直阴晦，不然会滋生多少毒素和负能量，邀请阳光进来吧，心灵在阴暗自闭甚至绝望的境遇里只会苟延残喘了无生机，长此以往，结局必然悲惨。不要为难自己，想想自己每日的呼吸受阻，让自己的思维受限，总觉得胸口被捂着，呼吸不顺畅，有多憋屈呢？

那么，让我们把心灵也晾晒一番吧，哪怕只是一秒的光辉，给心灵一点阳光，让自己充满希望。

瑜伽，遇见更好的自己

每周几次的瑜伽练习，总会有全身热血沸腾的感觉，那感觉奇妙极了，尤其在大雪纷飞的晚上，看着外面飘着的鹅毛大雪，我在瑜伽馆里挥汗，真是一种最迷人的体会。

遇见，因为一眼。

Yoga之于我，本来没有任何交集，我以为我的生活会一直这样以一种极快的节奏在茫茫人海中忙碌而辛苦。

直到有一天，上帝在我面前设置了一个绊脚石，我滑下了楼梯，顺便把脚给崴了，我突然被敲醒了。

那一刻，我抬眼看到了一个瑜伽馆，说来有点巧合，如果任何事情都能按照机缘来解释，那么这就是我和瑜伽的缘分开始了。

我一瘸一拐地走到门口，看了看招牌广告，看到上面那么多摆拍的图，有一种很温暖的感觉，我也希望自己的身体变得柔软，软到可以随意扭转和弯曲。

这样，也许我的身体会好一些，不会无缘无故地疲惫，也不会没有理由地摔倒了，肩周和腰也不会疼痛了。

我知道很多事情都是美好的，可是唯独缺少开始，只要开始了，往往是停不下来的，如写作、运动、求学。可是很多人都是想太多，开始太少，于是少了许多人生体验。想来也是缺憾的，可是我不想人生都是缺憾，因为不完满已经太多了，于是选择开始。

开始，很简单。

当决定练瑜伽的时候，我没有征求任何人的意见，我只是觉得自己应该通过锻炼来达到身体的平静，以及内心的平和。

开始很简单，只要带着一颗心还有一个放松的身体就可以了，我喜欢听不懂的音乐在耳边回荡，我喜欢闭着眼睛，通过呼吸，慢慢让自己忘记外界的烦恼，天地间只剩下呼吸，一呼一吸，呼有多长，吸就有多长，意识里只有气息在身体内游动。

一张垫子，一首悠扬的歌，只需要开始，坐在垫尾，盘一个半莲花，将手指轻轻搭在膝盖，闭上眼睛，开始瑜伽之旅。

行百里者半九十，以前看到这句话的时候，都是茫然地一笑，不太明白其中要义，也许是因为当年太年轻，没有什么人生经历，但是对于那句话的字面意思是懂的。直到后来读书工作，方明白，一条路，开始走，能真正走到头的没有几个人，有时候是客观原因，有时候是主观原因，且不说过程，只是结果还是遗憾的。

坚持下去，不容易。

这样的修身之途是美好的，带着旖旎的风光，每每念及，嘴角都会上扬，可是坚持瑜伽却很难。

如何在一周中抽出三五个小时，真的是一个难题。尤其对于上班族，有家庭的女人。

这恰恰就是我，每天晚餐不能正常享用，练瑜伽前一个小时不能进食，只能算着时间，吃点简单的食物先将肚子喂个半饱。

回家捡拾地上乱哄哄的玩具，晾晒了一阳台的衣服，打包、整理、收柜。

时间到了，拿起钥匙飞奔，好像生怕错过一次约会似的。

如果不幸，家里没有人，还有一个磨人的宝宝，那是最痛苦的，是去还是不去？去了，宝宝怎么办？不去，身体已经准备好，欲罢不能，宝宝万不能配合我，那是要搅了一馆的练习者，我是不敢去冒险的。

这是时间上的艰难，还有一种是筋骨上的困难。

怎么说呢？譬如上了一节普拉提，夜里大腿都会酸得抬不起来，第二天走路的力气都没了，如何履约第二天晚上的课程？再如球瑜伽，在灵活多变的球体上做出那些柔软扭转的体式，酸胀、疼麻的触感，常常让站在瑜伽馆里的我想，何必来受这样的苦。幻影的身体里，膝盖酸得再也无法保持，只能妥协站起来，双手扶住大腿。

倘若时间和身体都迈过了难关，也许就会迎来瑜伽，迎来更好的自己了。但是多半是无法挺过来的，万幸，我排除万难，和瑜伽遥相隔望。

余生太短，只争朝夕。我已经发现了自己喜欢的事物，也能排除困难，趁着天时地利人和，我要抓紧去锻炼，能让心里满足又满意的事情，瑜伽绝对算一件。

拥抱瑜伽，做更好的自己。

当我认识到瑜伽之于我，是一种好的锻炼后，我才明白，这么多年我一直不运动，不是因为我不爱运动，也不是因为我懒，当然这是我自己认为的，而是没有遇到适合自己的，让自己喜欢的一种方式。

于是等了那么多年，遇到了瑜伽，便爱上了它。这样说来，有点像爱情，求之不得，寤寐思服，蓦然回首，它在阑珊处。

我就是这样，这半年多来，多少天的傍晚相拥，在音乐里放松自己，在瑜伽的动作里，忘记自己，我已经不是我，完全不同的体会。

汗水常常在寒冷的晚上，模糊了窗子，朋友们一起活动肢体的快乐，是那么美好而难忘。

既然爱上了，就深深爱它吧。

于是有了我每天的规划，有了时间的安排，有了腾挪的时光，我想若干年后，我亦成为我想要的样子，身体柔软，内心平静，淡泊致远。

只愿此生不虚度，因为瑜伽而运动，因为运动而健康，因为健康而能走一段完整的路，看一路的风景，那便此生不负韶华了吧！

第四辑　四季的风景

春

随着节日的结束，人们已经回到各自的位置上，孩子上学，人们上班。而我坐在办公桌前，看树叶斑驳的影子打在红褐色的桌面上，忽明忽暗，春光就这样婀娜多姿地来了。

身段柔软，光线也迷人眼睛，回望过去的日子，一年年，一天天，没有比今天更慵懒，没有比今天更想走到门外，来到生活的对岸，那里正汩汩流淌着春水，惊鸿一瞥的，是鸟儿扑棱的翅膀，溅起的水花落在了我的头发上。

好久没有这样想，抛开尘世的一切，和春光混为一起，完全的，没有尘世的牵绊。只想，敞开胸腔，把最纯净的氧气吸入肺部，把最深刻的念想，丢进春天里。

仰望天空，瓦蓝一片，飞机飞过后留下的白色印记是那么显眼，真想化作风筝，在天空中擦拭那印记，让天空回到春天的怀里。

我的手臂开始消失，取而代之的是风筝，飘浮在风中，微风不噪，暖暖地挠我的心窝，我咯咯笑起来，笑声化作细长的绳子，顺着天边，地上有一个模糊的影子牵着我，我就在天空和飞机的印记上撕扯。

天透明得蓝了，我落到了水边，天掉进了水里，水也碧蓝如洗，我看得呆了，竟忘记了现实的穷困，忽然想到一句诗歌，经过我的嘴巴，就变成了这样。

问君能有几多愁，恰似一江春水向东流。

我笑了，自古的愁该有多少啊，一江春水都抵不过，而穷不过是可能引发愁的其中一个原因而已，我想这江春水绝对会将今年我的困苦洗涤干净了吧。

想着，风起，我的影子在河边晃动，一个激灵，我和春风一起，在天空的云层里穿梭，云天雾里，我看到了城下百姓，忙忙碌碌，脸上却挂着春天的太阳，暖暖的笑容，印在了小城的门上。

我的思绪顺着天空滑落，我坐在屋内，看着家舍，书本在案头，笔墨在心尖，我拿着笔，在春天里书写遐想，我想，这是今年春天给我的最大馈赠。

让我的眼睛看到瓦蓝的天，清澈的水，流动的云层，带我在天空飞翔，化作春风一缕的我，看到了昨日的自己，在和他人一样，辛苦地工作，满足地微笑。

春，这样缓缓地来，草开始绿起来，风开始暖起来，那么花开了，请我来闻一缕香，带着我云游四海，好不好？

十年流光

时光如沙在手，越握越少，洒落在时间的流里，没有声响，回望脚下，十年不再，头发已垂腰。这么多年，我多少次梦回故地，背一把吉他，奏响车站的音乐华章，人声鼎沸时，我流下了热泪，心里莫名地酸楚不舍。

再次相聚，十年，不多不少，流光里，你我的脸都被蒙上了一层光，在半明半暗的车厢里，我闭上了眼睛，不要问如果再给我一次重来的机会我会做什么，我会做什么呢？会不会好好珍惜时间，做好当下，不再瞻前顾后，不再竹篮打水一场空。

昨夜，我挽着你，走进大厅，举杯相邀里，我听到了祝福和感慨，我听到当年的言语回荡在耳边，我的心是傲气的，可是现实却是残酷的，我被伤得体无完肤，苦苦挣扎着，不能放弃，因为生活还要继续，我苟且在这里，不过为了勉强地活着。

为什么而活，这样的问题我早已经不再问。多少的不合理，多少的毫无道理，多少的阴暗和晦涩，我都不再过问，指尖敲打键盘的时候，我知道我的心还是向往自由的，因为一个新年签里我抽到了我想要的，可是那只是新年签啊，谁给我力量，让我走开，不在这个狭窄而骤变的地方，去寻找我要的自由呢?

吉他在手，我拨着弦，发出的声音里，我听到心也跟着在跳动。我想，这是这么多年，我第一次擦去心上的尘埃，坐在窗台上，看着窗外的人和流动的云，我铺满一地的树叶桥，只为牛郎和织女早点相聚，我喜欢这样漫无边际地让心灵游走，我是一个流浪的孩子，流浪带给我心灵的快乐，可是我多久没有流浪了。

我握着恩人的手，多么想投入他的怀抱中，大哭一场，这么多年，我受的苦，好像是白受了一样，那我还要怎么办啊？我的亲人，我的恩人，是您将我从泥淖里拉上来，那么请您再想一想，怎么将我从这残喘的空气里再次拯救。

我看着金碧辉煌的聚会厅里，大家都兴致勃勃地在交谈，满脸红润，而我坐在那里，听着来自四面八方的生活，觉得自己渺小得不能再小，只想在空气中飘浮，消失不见。

一种想改变现状，一种想改变自己的想法，越来越强，可是没有机遇，我只能继续窝在这个满地鸡毛的环境里，假以时日，我是不是就可以从泥土里破土而出?

我不知道，有多少人一直埋在黑土里，什么时候再见天日都是一个未知数，那么我呢，我凭什么可以突破土地，我凭什么可以找到机遇，我因为什么，可以拥有想要的自由?

我萎缩在角落里，雾霾十分严重，我看不清外面的世界，即使很精彩，我也越不过去，因为有铺天盖地的模糊，我哼着旋律，让泪水流满一脸，我要进步，我要前进，可是前方都是悬崖峭壁，暂且活着，活着吧，好孩子。

我是一个好孩子，我是一个太好的孩子，可是我已经长大，孩子不再是我，我不再是一个孩子。

流光回转中，我擦干眼泪，接受新的任务，这些任务是我听到就会痉挛的任务，可是生活啊，不给我缓解的机会，我一边抖动着，一边去完成这可笑的工作。

一个王国里，到处充斥着颓废之音，尔虞我诈的世界里，流光回转，做的，错的，都会有一个结局。

我埋在纸堆里，能不能造出他们想要的消息，我不想制造这些假象，可是王国需要，我必须做，我如果有选择，我宁愿扇他们一巴掌，然后走掉。

十年，锻炼了我，让我少有的激情消灭。十年，打败了我，让一个爱流浪的孩子，变成了普通的制造者。流光啊，你可以更快些，让我快快去拥抱黑土地，让我后来的生命里，心灵舒展快乐。

放牛班也有春天

今天是周末，早晨的懒觉可以任由自己发挥，于是昏了头，太阳从紧拉的窗帘里投射来光亮，本来漆黑的夜也退场离去，白天华丽而来。

如果吃完午饭，仍然选择午睡，会不会糟蹋了明媚的春光，会不会劳损了已恢复的身体，久睡伤身，那出门踏春吧，和放牛班的孩子们一起。

马修是一个新学监，电影《放牛班的春天》接近尾声的时候，校长眼里的失败音乐家，失业的学监，并没有放弃嘴角上扬的姿态。在人生的道路上，默默耕耘，默默坚持，将一个收纳问题儿童的学校变成一个歌声伴着清晨鸟鸣阵阵的地方，希望，比希望更美好的付出。

天使面孔，各种问题儿童，其实只是没有人理解，没有人关爱，有的只是大声训斥，有的只是不经大脑地随口责骂，还有毫无商量的关禁闭，做苦力。让这些所谓的问题孩子看遍了人间黑暗，尝遍了人生酸苦。小小的心灵，于是脱卸行囊，拾起路边的石头，一个个投向将他们封在社会最隐蔽的池塘之底，有人被误伤了。其实并不是这些孩童发自内心地去伤害人，可是校长训导人可不管原因何在，统统处罚。

从此反复，看不到光明，也更感受不到曙光。

直到一个学监，单身，嘴角上扬，态度温和，做事有条不紊，用自己的内心默默地爱，关注这些孩子，用双手描绘乐谱，创作灵感如泉涌，让这些小孩在音乐的洗礼中唱出纯真，唱出骄傲，唱出快乐，唱出笑容。

影片在法国音乐里浪漫氤氲，徐徐上演着。马修飞奔下楼到自己的简陋小屋穿上新衣服，往嘴里喷着香水，忙不迭地向一个优雅的女士那边看去。当然是这位举手投足尽显法国女人气质的女士登场，让剧情增添了一份人之常情。当马修在咖啡厅，将娇艳的花朵送给令自己心驰神往的女人时，优雅女士却告诉他："马修，真的要谢谢你，是你让我的人生出现转机，是你给我带来好运。马修，正是你让我认识了一个人，一个工程师……"

嘴角上扬的马修在听到最后一句话时，将面前的绿色饮料饮了大半，将心动化为一缕烟，与喝下去的饮料一起消失在心底。继续回去，给孩子们一个美好的童年。

谁也没有想到曾经的问题少年，竟然成了一位世界上伟大的指挥家，歌唱家，这是不是奇迹?

而马修一直在默默地传道授业解惑，直到终老，一直从事着音乐事业，从不为人知，所有的一切都在日记里，或许可以再现当年的少许光景。

看完影片，中午更是毫无困意，这平凡的事情被马修长年累月地坚持着，他在天堂应该是笑的，因为他成全了伟大的事业，孩子们的未来。

步行，傍晚前的一段路

每当太阳西沉，车还在路上晃动的时候，我已经拿起包裹，准备下车了。

下车的地方离我的家有三站路的距离，还有一段没有站点的路，以前我会选择再次转车，坐车到家。

最近，我却不再坐车，而是选择慢慢行走，过一个路口后，我开始看周围的树叶和小草。

这种感觉让我回到了小时候。记得小时候，放学的路上，我总是忘记回家，不是被蝴蝶吸引了，就是去抓虫子了。那是一段快乐的路，虽然到家免不了妈妈的训斥，但我还是高兴的，妈妈允许我放学看路上的鸟、鱼和虫子，但是要按照约定的时间点回家，现在回忆起来，那时的时光是美好的。

现在，这一段傍晚前的路，也成了我一天中最欢快的时刻，太阳在我头顶移动，光影中，我是一个小点，随心而舒适地动着。

现在快节奏的生活里，总是拿不出时间来锻炼，我又何尝不是。

可是自从有了这条路，我开始走动起来，有时候十分钟，那是突然接到电话，有时二十分钟，晃晃悠悠的，真的很享受。

走起路来，身体各个关节都在动，如果有肩周炎和颈椎病，多走走路，活动活动也是很好的。我经常腰酸背痛，走走，缓解了一些疼痛。走路中，身体的血液都开始循环起来，手心热乎乎的。

觉得身体里的细胞都被激活了，本来没有力气的身体，凭空多出许多气力，长期盯着电脑的眼睛也觉得不那么难受了，因为远方的眺望，树叶树荫和花草。

那么，下班前，不妨提前下车，让自己走在人流中，走在林荫下，走在石板路上，走在围墙外面，看看围墙上的图画，看着鱼儿在水里游荡，看老奶奶花白的头发，手里拿着针线，念一首《游子吟》，看两位智者在下着棋子，满是智慧。

放下一天的忙碌，放松下手脚和大脑，只要将嘴角上扬，溢出一点笑容，镶嵌着夕阳的橙色，好好地享受这傍晚前的一段路。

每天步行几千步，给自己一段可以慢慢放松的路，在这条路上，可以随心地走，既是锻炼，又是整理一天的心情，从容应对接下来的生活。

玻璃房子

天渐渐黑下来，我裹着红色的外套赶路，路上的灯火辉煌，逛街嬉闹赏月的人络绎不绝。中秋节的热闹不属于我，我本来是一心赶路的，此刻我也被节日的氛围迁移着，兴致来了，在喷水池边看喷泉溅起的水花，一圈一圈的花朵装饰在水池边，许多女孩在池边戏水玩耍。

我的心里只有一个目的地，我要去南京农业大学的卫岗校区，这个地方我是没有去过的，按照查询的地址，并询问了人，确认好了地方，我坐上南农的公交，跋山涉水到了小卫街，走了约三百米，看到南农的校门，便在附近住下来，因为明天还有面试。从东南到南农，路上要花费不少时间。

看了周围的房子，漫步到有着住宿字样幽暗灯光的玻璃房子处，询问了价格，便交了钱。

收拾好，已经晚上九点多了。夜凉如水，窗帘根本阻挡不了外面的寒风，因为房价便宜，所以室内并没有空调，连取暖扇也没有。

我才注意到这是一间玻璃房子，家里的房子从土坯房子到后来的瓦房、平房，就没有住过玻璃房子，玻璃房子好像童话世界里的吧。

事实上是房子十分简陋，木质地板，玻璃墙面，一种特色的玻璃色的窗帘，一张床，半颗疲惫的心，这哪里是童话世界里的房子，这分明是苦难剧里才有的道具，我苦笑。

玻璃门关上，室内只有我的心跳。灯光从外面投射到屋内，这光好像一轮弯月，像故乡的月一样温暖着我的身心。

夜慢慢地深下去，薄薄的棉被似乎无法给我安然的睡眠，我始终记着有一束光在我的床前。可千万不要像卖火柴的小女孩一样，睡着了，没有醒来。

闹铃响了，我起床，头有点蒙蒙的，因为冷，也因为困，还好我年轻气盛，我有力量，所以很快就恢复了元气。我光着脚踩在地板上，木质地板就发出一些吱吱呀呀的声音，好像是一串离别的歌，我想这歌声会提醒我，有朝一日，如果来住，千万不要选冬天，也不要选夏天。

因为玻璃房子里，冬天冷得厉害，夏天烤得热烈，唯有春秋天，适合住玻璃房子，在玻璃房子里，看看外面的世界，应该也还不错。噢，时间到了，面试。对，我要去面试了，阳光缓缓地移动到草地上，有坡度的上山和下坡，南农就在我的眼前，我走进校门，向着面试地点，在晨光的祝福中自信而去。

笑

太阳很好，光芒万丈，今天完全不像冬天的感觉，下午一两点的时候，坐在院子里，眯着眼睛，真的很想大睡一觉。

这么好的天，我在偌大的训练场等待模拟考试，一心想把所有项目在大脑里情景再现，用尽全力去回忆。

阳光真的太甚，我刚拨开的思绪就被光线照射得发晕，我想我一定是想溜走，去和阳光深情相拥。

笑，肆无忌惮的，像春天花开一样，繁华，而不落，在这个午后，我握着双手，嘴角不由自主地上扬。

总是被训到无地自容的田地，可是我忽然爱上了咧嘴就笑，弧度刚刚好，我松动的牙齿都来凑一个热闹。

我敞开棉衣，让阳光把我晒一晒，这多日的失落，也一定能一扫而光，关于前方，我不需要太多思考。

我紧闭着眼睛，我知道我又在犯迷糊，我偷偷地瞄一眼周围，我看到几双眼睛正好奇地打量着我。

歪头一想，是啊，我好像除了笑，再也无其他动作，那么多深奥的打圈，右转和左转，还有无数的回正和对线，点在哪里，就去哪里。

我胡乱地扣上阳光的味道，让轻飘飘的云也一起藏起，不让任何人看出我的心思松了。

我手指紧握，我十分紧张，对，我是一个紧张体质的大人，成年人，为什么还要不停发抖？

我笑了，不让任何人知道，其实我的害怕是对自己的不信任，我不想烘托气氛。

我笑着看着窗外，我欢快地在路上行走，从今天起，我要做一个乐观的人，每天和太阳道一声早安，和月儿说晚安该睡觉了。

清晨，我来到阳光下，站在斜坡里，静静地等一个时刻，希望这个时刻可以让我知道生活的下一步，是愉悦的接受和努力。

我身后忽然生出一对翅膀，翩翩舞动，我的双臂不见了，霞光下，我的身体慢慢变得透明，如羽翼一般，我知道，那是笑的力量。

生活中，我要轻轻地将嘴角上扬，眼神里都是对各种体验的一种尊重，好的、不好的，快乐的、伤悲的，我都要笑。

笑给我飞扬的心情，不再失落，大大的训练场，让我不再觉得孤单，我会慢慢从心底升起一股自信。

有人说笑是一种花，在荒凉的残垣断壁边足以使之高大辉煌；有人说笑是一剂茉莉花茶，在孤独无依时让人神行俱爽；还有人说，哭是当代生活的解压法，那笑又何尝不是鼓励我们重拾自信的甘露阳光？

不要让我等了，好吗？

等待，是一种诗意的化身，想象会带着念想，带着翅膀到处飞翔，落地，人到，起步，开始一个约会，是不是妙不可言。

而我是一个矛盾的人，时而心急，时而慢吞吞，就是这样一个混合体，所以在等待这件美妙的事情上，反应是多样的。

我时常会将自己揉成一团，丢在城门口，脸上竟然还有高傲的冷。尤其是等到花儿都谢了的时候，我是难以享受等待的好处的。

等待实在让人着急，我喜欢楼下的人，我是被等的那一个才好，梳洗打扮，画一个精致的妆，头发柔顺在肩。

谁没有等人的时候，不可能一直主宰周遭，我自然清楚，等人其实是一种有盼望的守候。

相对于等人，我更害怕等待结果，一件事情的结果，因为捉摸不定，更让人心焦。

人总会来或不来，因为有约定的点，耐心好一点，多喝半个小时的茶，抑或单脚斜依，靠着门栏，都是极好的。

而等待结果却没有这样的心情，总想找个相关的人，旁敲侧击，得到一点音讯。

“我过了吗？”

“有我的吗？”

“是我吗？”

“什么时候是我？”

热烈地渴盼，将我挂在嘴边，旁人怎么理解我的焦灼。

我害怕，我不知道错过了这次，是不是还要等一个轮回，如果以年来计算，我还要等多少年，没有希望地数年轮是一件极其痛苦的事情。多少年，我日复一日，突然有一天，幡然醒悟，发觉前方的路要怎么走。

可是这横亘在路前的事物像一个拦路虎，我越不过去，我也不能变换道路，我已经在这一条路上坚持多年，怎么可以随意换道。

更何况，我看到了曙光。

能不能发发慈悲，看在我多年辛劳的背影上，告诉我，我能不能跨过去，这条路我还要不要走下去。

告诉我结果就行，我需要直截了当的刺激。

不说话，让我等消息，一天又一天，我实在坐不下来，我又把自己揉成一团，缩在窗帘后面。

任谁也不能理解，反正你已经混了这么多年，何必在意过不过得去，就在原地待着，有什么不好？

有什么不好？非要我说吗？我从帘子后面出来，情绪激动，我活了二三十年，难道还要在地上坐出一个坑吗？顺便将自己也埋在那个坑里吗？

我要一点变化，一点根叶交替，一点新绿，一滴水，干净地在我鼻尖，我也想有一点追求，一点点维持我干瘪的生命，我的脉络已经不明显，枝枝叶叶都已干枯，我还想有一点新鲜的血液，这都不可以吗？

我走出房间，任由太阳将我全身映照，我就是想要知道结果，好吗？

慢慢等，暂时没有结论。

蓦然回首，给我想要的光明吧，我内心一定充满激动，“一定过了！”“就是你。”“你中了。”

我回过头，不要让我等太久，就在今天太阳退出地平线，就在月上柳梢头，给我希望，希望，让我满怀希望地走下去。

秋天的雨

这次的秋雨来得太早，停留的时间也太长，像串门的朋友，一直住着不愿走。难舍难分的是它，而我在心里已经埋怨了它多少回，它难道不知道人们家里的被子都潮了，门口的拐角也长满了青苔，秋雨你好歹过几日后再来，让阳光给我们看一看，至少让我晾晒一下衣衫和潮湿的被子。

记得以前，我总是喜欢踩在落叶上，撑着一把伞，不管有没有下雨，一边走，一边胡思乱想，一直走到小路的尽头，有几只飞鸟在头顶飞过，我关掉雨伞，希望秋雨绵绵飘落，这不是撑着油纸伞，我只是在猜雨巷的姑娘当时在想什么？

秋天的雨，带着晶莹的水珠，在饱满的稻谷上滚落，果实被洗得干净而金黄；秋天的雨，在荷叶上滑动，颗颗圆润，粒粒清透；秋天的雨，漫过手心，微凉的触感，带着我的遐想。

每逢周末，我喜欢窗外下着雨，看着梅花在院子里摇曳生姿，我能幻想冬日里它的微笑，我就那样坐在椅子上，听着小雨细致地从天而降，像个温婉的少女，轻轻撩动面纱。我伸一伸懒腰，爬进被子里，此刻被子暖暖的成了我的窝，我开始无尽地幻想。

天晴的时候，我看着天被秋雨洗后的瓦蓝，我会闭着眼睛，呼吸秋雨留下来的气味，路过青草地，呼吸间，我闻到了青草香，我感谢秋雨，给我清新的空气，让我走过的路上，也带着草香。

天黑的时候，我坐在秋千上，轻轻晃动，秋叶在耳边沙沙地响，送走一天，新的一天在黑暗里即将到来，抖一抖身上的尘土，我放慢脚步，校园里的时光像沙漏，不知不觉到了尽头。

一年一年地流转，原来我已经错过了青春，那些美好的日子随着秋雨一去不回，今年的秋雨这样的绵长，是不是祭奠我逝去的青春。因为纪念，而显得久远，因为回忆，而显得年岁已长，我到了爱怀念的年纪。

秋雨带着我的悲愁，在窗前倾盆大雨。我知道这次秋雨之后，就是渐冷的冬天，我裹紧大衣，拿着包，行走在风里，我希望刮起一阵风，再下一场可以回到从前的雨，这场雨一定要把我带走，我觉得我的青春还有遗憾，没有抓住好时光，如果再给我一次机会，也许我可以珍惜青春，做一次正确的抉择。

又是一年栀子花开

昨天坐在屋内，忽闻一缕缕芳香滑过我的鼻腔，无奈手中琐事拉住我，不得抽身，可是我的心早已经被这清香迷了去。

清晨我起了个大早，沿着平时上班的线路，提前到达办公室，我放下手中的包和杂物，直奔楼下，满园的栀子花映入眼帘，白色的小花儿，此刻浓香扑鼻，我竟然都不饿了。但愿做花下的小姑娘，阳光一直这样温柔待我们，晨光停下，时光静止下来吧！

我看着一些栀子花已经凋谢，我捡起一片片的花瓣放在掌心，阳光洒在它们身上，有一种柔和的黄，这是大自然的美颜。

忽然一群身着汉服的孩子往图书馆门前跑去。他们满心欢喜地往天空扔学士帽，长长的帽穗在风中飞扬。

又是一年毕业季，一年又一年，时间过得飞快，转眼之间又到了栀子花开的时候，栀子花开的季节，就是每年毕业的季节。

孩子们一边衣角飞扬，奔跑着，向往着毕业后的生活，一边在栀子花旁闻香抹泪，眼泪都有了花的香味。

我看着一群群孩子们，在校园里留下美丽的剪影。一边感慨时光如细沙，不知不觉我手里的细沙越来越少了。

清晨的时光总是短暂，我不得不手握着发黄的花瓣回到室内，我将花瓣夹在本子里，合上笔记本，将这一刻的感怀放在心里。

不知道在哪里看到过这样一句话：八小时之内为生存，不想梦想。

我想这接下去的八小时，我只能被烦琐事务缠绕住身心，但是下班后，上班前的时光都属于我。

我可以早起，但是我一定要戒掉晚睡，因为我还有好多花没有看，还有好多路没有走，还有好多梦没有醒。

栀子花，你就顺着你的花期盛放吧，满园花香不用关住，让这些花香温暖步履匆匆的行路人，让这恬淡的、小朵的、白色的、花儿滋养世间人的眼睛。

忙是必然的吗？我不知道，我只知道我是一天比一天忙了。我记得刚毕业的时候，我在栀子花前拍照，我对着镜头想，毕业后我可以一展拳脚，大展宏图。

现在想来是十分惭愧的，我干着普通的工作，见花常常埋怨自己，年少的我是足够努力的，奔向中年的路上我也用尽力气，也许花开不是你耕耘就会有，只要安静地继续松田浇水，我想花总会开的吧。

我十分羡慕自由职业者，也幻想有一天，种两株栀子花，养一条狗，写几行字，日出而作，日落而息，成为一个写作者、种花人，读书和梦想，一起伴着我终老。

铃声起，思绪通，花香越窗来到我的鼻尖，我会心一笑，继续工作，安心念花。

栀子花，你若能开得久一些再久一些，我会天天来看你，与你谈谈心里的话。

相见欢

好久不见，相视而笑，不约而同……

相见，若干天，若干年，我们好久不见……

有太多的故事和经历，有太多的希翼和喜悦，有太多的想念思念和怀念，关于友情爱情和亲情……

还记得我们第一次见面，你是腼腆的，我是害羞的，我们坐在偌大的教室的后面，是那么显眼，前面都是空位子，我们安静地听课，下课仍然安静地坐着，放学的时候，我们一起往宿舍走，你看到我走向129宿舍，你停下来说，我住127啊。原来就在隔壁呢。

我们就这样开始说话，我们成了朋友。你喜欢看张爱玲的小说，我当时正在看作家亦舒的书，我们讨论书中的故事，一路走到教室，再从教室一路走到宿舍，你说你只喜欢看，我说我喜欢写。你说，那你写好给我看，我可是很会欣赏的，我们成了文学上的朋友，也是学业上的伙伴。研究生一年级结束，你和我说你要去四牌楼校区，我一个人在九龙湖校区，一定还要找一个好的朋友，一起读书，一起看书，我点头。

你一去就是一年多，快研究生三年级的时候，你回九龙湖看我，你说我瘦了，我说，我什么时候胖过，我们竟然一直聊到下午。我们一起去吃饭，相互交换看文学作品，你说我的文字成熟多了，我说你这是夸我吗？我们相视一笑。

时光就这么匆匆过了。这么多年过去了，你过得还好吗？那一次相见后，我再也没有见过你，不知道你现在开始写作了吗？因为你说当你看到一定程度会提笔写，你写了会给我看，让我成为你的读者，我欣然答应，可是你却消失了，我再也寻不到你的消息。

你那么纯粹，喜欢文字，喜欢故事，安静看书的样子，我从你身上好像看到我自己，你知道吗？

曾经或许我们不熟悉，可后来我们却是至交，时光一晃，我们再次相遇或相见将是何年何夕，有种冥冥之中的神秘，诉说无尽成过往……

曾经欣赏一个人，曾经友谊在岁月里成了明媚的春光，总有一刻温暖过我；曾经的好友玩伴都已经蜕变成美丽的蝴蝶和瑰丽的玫瑰花；曾经深爱的人在我的心底印上了烙痕……

总有一刻是属于我的欢乐，相见，总有时候是属于我的感动，相见，期待和过往交织成光阴之河，我愿意这样在水一方……

一句话

曾经感叹的时间匆匆，而现在却深刻体会到弹指一挥间是多少年。电话两端是对话，一个对话可以持续四年，一段感情总是被时间包裹，没有时间思考。倘若真的给我时间，我会怎样展开我的思路呢？一句话，没有假设。没有回旋，像是即将要开败的梅花。回想曾经的一句话，那句话从来都在我内心挣扎，扎根，深刻到如今。

收拾行装，继续等待，如果现在是黑夜，我期待曙光，如果现在是黎明，我想我会伸开双臂迎接我的清晨。等待没有打磨我的劣根性，我知道这也无从改起。

我想不久之后，我会在某个角落回忆校园的生活，因为回忆，这些记忆定是瑰丽多彩的。祝福所有在校园的兄弟姐妹们，生活因为祝福和努力而精彩。

从来没有想过，这么快就会毕业，每当走进校园，我以为读书的时光是千千万万秒，可是这时光是那么快，眨眼之间就结束了，学弟学妹们还沉浸在读书漫漫苦无涯中，其实这是一生中最为快乐的时光。

如果要对仍然在校园里读书的学生说一句话，我会说什么呢？

“珍惜。”

珍惜时光，珍视自己。时光和自己都是无价之宝，请校园的花朵陶冶你的情操，图书馆的书滋养你的心灵，一班的学生和你成为一生的朋友，让偌大的操场成为你锻炼身体的场地。走出校园，看看外面的世界，用脚去丈量土地，坐地日行八万里，你走过的路，藏着你读过的书，你走过的路，记着你看过的风景。

塑造自己，成为最好的你。

身在校园，不知校园的美好。当我走出来，我想再走回去，几乎是不可能的了，因为时光逆流，恐怕是违反自然规律的。倘若真的能逆流，我想那去逆流的人比高考挤独木桥还要激烈和紧张吧，人的一生怎能没有遗憾。

一句话，时光容易把人抛，红了樱桃，绿了芭蕉。

季节变化，四季流转，唯有我们的头发渐渐稀疏了，走路蹒跚了，牙齿松落了，还会含泪唱着青春的歌，那里才是人生最美好的一段时光了，无须多言，只需静静地闭上你的眼睛，任世界嘈杂，你去聆听，心灵的声音。

六朝松的故乡

我来南京两三年了，这个古城浓郁的文化底蕴很吸引人。仔细地搜索有幸玩过的地方，走过的地方，名胜古迹带着久远的问候，因为不久就要离开这个六朝古都，不忘留下点纪念。

在鸡鸣寺外轻描淡写的简介勾勒出古寺的悠久文化韵味，南朝四百八十寺，多少楼台烟雨中。

一座五层高的古塔在寺内耸立着，青烟袅袅，游人如织。我与好友买了票，票价实惠，五元钱的门票，领三支香。径直走到烧香拜佛之所，我看到佛就虔诚地叩拜起来，默默诉说着心愿。登塔，拾级而上，许多人在莲花灯边点香。我将三支香点了，向仙人膜拜。路过一些开过光的玉器玛瑙店，看看，时间很快过去。

南京有一个地方让我觉得此刻生命的珍贵和幸福，无数烈士的牺牲换取了今天人们的幸福和安康。雨花台烈士陵园，有一道桥高架于水之上，让我印象很深刻，走在上面，心突然宽广起来。前方是一座城门，走在桥上，自己仿佛回到古时候，城门有官兵手拿大刀，维持城区安全。

走在路上，爬石梯，既锻炼了身体，又了解了历史。在烈士雕像下沉思，在偌大的景区，一步步走，感受今天的生活来自艰辛。

青草地上是蹒跚学步的孩子，日光洒在来陵园的人们脸上。走到山上，歇一歇，看看山下的风景，看看广场上的现代生活，于是古今混淆了，自己也分不清了。如果还有些气力和雅兴，不妨去夫子庙一趟。

我第一次去的地方就是南京夫子庙，除了地方好玩，还因秦淮河就在夫子庙边。小时候听过关于这条河的诗句，烟笼寒水月笼沙，夜泊秦淮近酒家。

久仰夫子庙，慕名而来。

那里有许多的雨花石，虫鱼鸟兽应有尽有，木牌雕刻的山水画，丝绸坊，古物，名人雕像，乌衣巷，少不了秦淮河的波光艳影。

戏园子没有散曲，人在围着舞台，退休的老年人也在吊嗓子，几个人入了戏，唱着还转着身体，摇着长长的水袖，下面的人有的把手掌轻轻和着。山水楼阁，有刚搭好的台子，像是要上演一出邀月的舞蹈。

古屋里摆着过去的家什，放着暗色的布幕，昭示着回不去的岁月，还有龙舟，划艇的游人一遍一遍地在湖面上游逛，雪莲在碧波中盛开，湖边的歌姬犹抱琵琶半遮面，我们在古时候的歌声琴声中慢慢地游。

南京是一座古城，景点颇多，适合住在四牌楼，听雨落地，看天晴，漫步街头，和六朝的文化进行一次亲密的接触，感受金陵的风韵。

好好说话

人和动物有什么区别？直立行走是一个分水岭。还有呢？能够劳动，是生产者、劳动者，有思想。其实还有重要的一条，是会说话。

多少人都曾经觉得说话，不就是说话吗？需要学吗？小孩子到了年龄，自然开口说话，然后成为一种本能，根本无须费力。

小花是我的好朋友，最近找我哭诉好几回了。

作为朋友，每次她哭的时候，我都会安慰她，可是这一次，我没有。

小花在工作单位工作五年以上了，一直很认真，默默苦干，真的是拿着卖白菜的钱，操着卖白粉的心，她还把很多工作带回家做，不眠不休，责任心真是没话说。

可是每到工作汇报和季度汇报的时候，她说不了几句就匆忙下去了，还一脸通红，好像这一段时间因为什么也没有做而惭愧，这样的表现，一直延续至今。

因此这次她的单位人员升迁，没有她的名字，她觉得很委屈，自己任劳任怨地工作，为什么领导就没有考虑自己？

对呀，为什么没有考虑她，会考虑一个从来不说自己的工作，只是默默工作的她吗？

只做不说，和只说不做，一样害人。

不是教她狡诈，也不是教她圆滑，而是教她学着将自己做的事情口头表达出来而已。这一次，她擦干眼泪，开始学着表达。

大家应该都知道《超级演说家》这个节目吧，火了一个叫刘媛媛的女孩，她思辨清晰，言语逻辑了得。去了解她的背景，方发现，她只是个农家的孩子。

家里根本没有门路，这样的一个“90后”的女孩子，如果按照常规路线，即使大学毕业研究生毕业，还是要到社会上和几百万应届生争夺生存工作资源。

可是她参加了《超级演说家》，因为会说，她为自己的人生开辟了一条新的道路，这条道路，让她的人生有了无限可能。

有出版社邀请她出书，有网络教学平台邀请她开课，有公司邀请她入股，她于是书也写了，课也上了，公司选择自己开了。

她笑着再次出现在超级演说家的舞台上，她说她这一年什么都尝试了，什么都去做了，很满足，很快乐，很自豪。

会说话，为她的人生加分很多。

人作为有尊严的高级动物，如果不想在职场中被埋没，如果不想辛苦的工作不被认可，那么必须学会说话，毫不夸张地说，会不会说话，决定了一个人的未来。

譬如，乐嘉，他在成为性格色彩学研究者之前，就是一个培训导师，在面对几百几千的观众时，大胆表达自己想法的乐嘉，才有了后来在《非诚勿扰》里亮眼的表现，才有后来的成功。

而乐嘉一开始只是一个在银行里做会计的男孩，因为不满足于当下的生活，因为自己强烈的自尊心，他放弃铁饭碗，毅然决然地走上了自己内心向往的路。

因为会说话，乐嘉做成了人生中第一笔销售，这笔销售给了他足够的勇气，让他能够披荆斩棘，从普通的培训讲师，成为大家熟知的乐嘉。

如此说来，我们稀松平常的工作里，如何更好地将工作做好，将工作做扎实？

人生那么短，干了那么多的活，也要为干的活说话，不然时光会忘记这一切，因为上面领导会说：哦，太常规了，没有创新。

人生的路，没有一步是白走，不管挫折何时来，要知道逃避不是办法，迎头直面，也许会有劈头盖脸的失败，但是逃避只有一种结果，淘汰。

好好说话吧，感受说话带来的快乐，感受会说话给你工作带来的推动和促进，让自己在职场里慢慢成为主角吧。

《小鞋子》敲开春天的门

刚放下电话，电话那头是姐姐诉说小外甥的作业。小外甥不愿意写作文，因为老师布置的作文是写写乡下或者小镇上发生的一些事情，而小外甥说："爸爸妈妈又没有带我去过小镇，而乡下，每次过年回家，老家里都光秃秃的，没有什么好写的。"孩子的理由表面上看似很有道理，可是细想来，又全无道理。我想现在一定是生活条件太好，学习被生活所累了。我安慰了姐姐，并给姐姐推荐了一部电影，这部电影我推荐给了无数的人，这一次我建议姐姐带着小外甥一起看。

我想从来没有哪一部电影像《小鞋子》一样触动我的神经，我曾经以为我现在能很淡然地看周遭的一切，直到我翻到很久以前的《小鞋子》，它的音乐缓缓的，主角是两个孩子，围绕着一双小鞋子展开的一部温情动人的故事，让人久久不能平静。

阿里在杂货店老板的杂货里翻找着妹妹的小鞋子，老板的怒斥与驱赶吓走了心急如焚的他，他逃脱不掉妹妹的询问，眼睛里盛满了泪水。请求妹妹不要告诉爸爸妈妈小鞋子丢了，小妹妹无可奈何地答应了，因为阿里带着稍微肯定的口气说，我一定会把小鞋子给找回来。

母亲在床榻上偶尔的咳嗽伴着父亲责怪阿里不帮家人做事的声音，在极小的出租房里回旋，伊朗的日常生活便一点点展开了。

没有鞋子穿的小妹妹不得不将脚放到了阿里的球鞋里，尽管哥哥的鞋不合脚，每次妹妹放学，阿里才能穿上妹妹脱下来的球鞋一路飞奔去课堂，这样免不了迟到和随之而来的老师的责怪。

一双鞋承载了两个孩童幼小的心灵，感动在细微处的眼神与极小的行动。家里付不起房租了，煲了汤不忘盛点送给隔壁邻居，礼貌，修养在长成，贫穷与困难并没有消掉他们对人们的信任与以礼相待，真诚在伊朗的平民间淡淡地描述……

跑步的艰苦与跑中的努力不放弃以及跑后的一句“我是不是第二”，仅仅是为了给妹妹一双小鞋子的无比渴望的询问里，我的泪水慢慢地浸过眼帘，滑过腮边，心灵荡涤般的泪毫不吝啬地滴到衣襟上。

物质生活不需要极大丰富，人的善良可以将生活装扮得无比美好。让人间多一点爱，让关爱伴爱人身边，让父母多点微笑，少点操劳。小鞋子，不只敲开了春天的门，还带来了满眼的希望，感动不只一点点。

不知道小外甥看过后有没有什么感想，我没有追问，我想最好让这部影片能在小外甥的童心里产生一点触动，能够知道此刻的生活是简单美好的，作文还是要写的，因为学生本来就是要完成作业，慢慢积累，未来才有选择的可能。

留住精彩，留住爱

孩子，你一定累坏了吧！今天你拼命大哭，是不是因为妈妈没有抱你在怀里？孩子，你知道吗？今天本来是一个游戏，却充满了竞争与挑战，虽然你的爸爸被大鲨鱼冲进了水中，但是他没有一丝害怕，却在心疼流泪的你。

孩子，从你出生，爸爸妈妈就倍感幸福。你天真无邪的笑容和纯粹的泪水无不像毛茸茸的羽毛拨动着我们的心弦，因为你，我们的心里又甜又痒。

为了让冬日不再寂寞，为了让寒冷充满乐趣，我们带你参加了《加油好 baby》节目。2014 年的除夕，全国观众都在看你坚强爬行，泪水满脸的样子，观众会不会怜惜你，会不会暗自给你加油打气？不得而知，但是你的每一个动作都牵动着我和你爸爸的神经。

从一出生，就意味着各种竞争与比赛，而我们只想让你爽爽前行，快乐一生，我们不想你太辛苦，我们只愿你能快乐、幸福，这又何尝不是每一个父母的心愿呢？

婴幼儿时期短暂而珍贵，在迈向你一周岁的时刻，妈妈除了吻你红扑扑的脸颊，为你祈祷许愿，与你一起吹灭生日蜡烛，妈妈还想为你做很多很多。

妈妈是一个菜鸟妈妈，育儿中摸索着前进，妈妈又学艺不精，让你吃了不少苦头，妈妈向你道歉，希望你不要怪妈妈，妈妈会好好努力学习，做一个好妈妈。

短短数分钟你在台上爬行，台下的妈妈如热锅上的蚂蚁，喊着你的名字，眼里流下紧张的眼泪。孩子，这些都定格在摄像机里，都留在了电视里，若干年以后，你再回过头来看这短短的几分钟，会不会觉得你爬行得很棒，你从小就很坚强勇敢，一路爬行，只为寻找妈妈的怀抱。孩子，你要记住，妈妈永远是你的后盾，不管遇到什么困难，妈妈都在你的身后。

妈妈爱你，一生一世为你努力，因为妈妈怕跟不上你的步伐，妈妈不想成为一个及格线以下的妈妈，不说给你做榜样，至少让你看到妈妈一直在进步，慢慢变成最好的样子，给你良好的影响。

那一时刻，成为永恒，留住精彩，从小开始。

童年的记忆

上周的稿子，修改到今天，还在完善中，文字这条路一直是慢的，我在这条路上行走了很多年，并将继续走下去。感慨时光总是飞快，一张老照片将我的记忆打回到从前，这张照片就是我的姥姥，她唯一的一张照片。

看到她两眼混浊，雪白的头发凌乱梳向耳后，她的盘扣蓝褂还是我记忆中的样子，细看一眼，姥姥还有一个美人尖。姥姥在我儿时的印象里，是高高瘦瘦的，也是无比慈爱的。

姥姥教过幼小的我捏盘扣，那细长的布在我手里总是打滑，我扔掉手里的布就要跑，姥姥抓住我，摇头道：你哪里像个女娃娃。

我爬树，姥姥站在树下，生怕我摔下来，奶奶说：姐，别管她，摔摔长记性。

小伙伴们就都不知道从哪里蹿出来，起哄道：摔下来，长记性。

我气得哇，真想把满树的枣子摘下来，用力敲他们的嘴巴，敲不到，至少可以堵住他们的嘴巴吧。

姥姥和奶奶在树下笑弯了腰，我哧溜一下从树上滑下来，奶奶说：这孩子猴子样，长大可怎么办？

我叉着腰：哼，我才不要长大，我就喜欢玩。

我拿着破网编织的小网兜，抓虫子去了，只要飞的都抓来。晚上睡觉，姐姐突然大叫，那是我的虫子咬了她一口，鲜红的血在她的手臂上，我龇牙咧嘴地笑，我被姐姐一脚踹下了床，屁股摔得生疼，可是我还是咯咯地笑。

我妈说，怀我的时候，算命先生就说，这胎一定是男孩，你看他欢腾的，以后说不定能搅弄一池子水。

我妈立刻掏出五元大钱，眨巴豆大的眼睛：啥意思。

算命先生文绉绉半天，最后说，这孩子以后能有出息。

我妈满意地抚摸肚子里的孩子，谁曾想生出来是个女娃，这都不说，整个幼年时期，无法无天，毫无道理地到处耍，和邻家姐姐比武，一拳被打在地上的我，颤巍巍起来后，硬是要打第二局，后来被姐姐扛回家，妈妈用她刚削好的柳条给我一顿猛抽，抽着还问我：以后还出去惹事吗？

你以后就老老实实在家待着，东家的番茄是你摘的吧，西家的黄瓜秧是你抖的吧？我说你干点什么不好，给妈妈捡点柴火也好呀。我只是闭着眼睛，死命地叫唤，屁股火辣辣地疼，不疼我才懒得哭。

我捂着屁股回到屋里，听到外面的蝉鸣，爬出窗户，去抓知了，一抓就到天擦黑。

姥姥从家门口摇晃着过来，喊着我的乳名，她怪妈妈打我太狠了，小孩子家，没个轻重，吓吓不就好了。我在一棵树上眯着眼睛看树叶。

姥姥喊得累了，我以为她会回家，谁知她竟然坐下来，哭了起来。

她爱孩子，如此地宠爱。

我吓得差点从树上掉下来，我拉着树枝丫，回答姥姥：我在这里呢。

姥姥站在树下，破涕为笑，像个孩子，那一刻，我知道，姥姥将永远存在我的记忆里了。

姥姥拉着我的手，迎上出门寻我的奶奶，她指着院门外：赶紧回家吃饭，家里人都以为你妈把你打跑了。

我看到爷爷搬着桌子椅子板凳，晚上爷爷是要讲金沙江呀，虽然听了百遍，可是每次还是愿意听。

我回家溜进厨房，偷偷吃了饭，其实那是妈妈给我留的饭菜，她在给我一个台阶下，其实我小小年纪需要什么台阶，玩性大罢了。

我躺在凳子上，小脚丫伸上了天，当爷爷说金沙江的金蟾蜍，我就笑得翻下凳子，捶地大笑。

其他的哥哥姐姐都说：这孩子，以后可怎么好？

我只是笑，现在回望过去，我不会把一生的快乐都留在了那个没有规则，没有规矩，没有压力，没有烦恼的童年了吧？

我妈说，我时常能笑吐，哭也能哭吐，原来我是用生命热爱我的童年啊。

童年的记忆涌来时，我好像又回到了那个爬上树，摘果子，拿着网子到处抓虫子的年代。那虫子有些并不和善，叮了我的眼睛，两只眼睛肿得如馒头，大家都叫我青蛙眼，圆鼓鼓。

现在回忆起来，还能让我会心一笑，童年是那么短，我的记忆是那么深。前行的路上，这段真切的回忆时常回到我的梦里，它告诉我，慢一点，路上有花，它告诉我，不要急，你到底急什么？

我想我是该慢慢地看一看眼下的花，地上的纹路，是否是当年我大笑的青石板，那个记号已经不在，记忆在午后慵懒起来，我竟昏沉了，也好，带我入梦，再享一次童年。

夏天的风

冬天久久不去，春天迟迟不来，盼望着盼望着，花就开了，叶就绿了，田园里，小路上，春意盎然。

计划着，掐着指头，去扬州的瘦西湖泛舟一回，去苏州周庄小住，或者去家乡的槐树上采点槐花入菜。想得美时，常常做梦，梦还没醒，干燥的风就吹过窗，拍打我的梦。

这风热浪一般，我想用手拨开这热烈的风，带着海边的盐，于是我全身都汗湿了，头发黏在我的脸上，不由惊叹，夏天来了，风也到了。

夏天的风是来去随心，洒脱随性，完全凭着自己的性子，它和冬天的风一样放肆，可是它带着温度，稍不留心，皮肤就会被印下红晕，有的脸皮薄，还会晒伤，而我直入主题，黑黝黝的那个，就是我的脸。

最近遇到的朋友，总是问我：怎么瘦了，怎么黑了？

我恍然不觉，渐渐问的人多了，我就端镜长看，黑是黑了，瘦倒没有。

夏天的风吹过，我捡起一片落地的花瓣，突然生出一种感悟，八九个人说你瘦了，你未必真的瘦了，三两个人说你黑了，你便是真的黑了。

我站在夏天的风里，昂头看天，旁人都是衣带渐宽终不悔，为伊人消得人憔悴。而我却是为梦想消得人黝黑。

夏天来了，我喜欢找阴凉的地方，如果能有绿树成荫，那是最好，我坐在地上，不铺席子，就和这大地亲密接触。午后，我眯着眼睛打盹儿，风横冲直撞地扇动叶子，沙沙作响，我听着这大自然的声音，困意全没了。

我四下张望，没有人像我这样，大热天在外面闲逛，我拍拍身后的尘土，两手一搓，就有了无限力量。

我手环住树干，双脚前后蹬住树身，脚往树上走，手往上移动，手脚配合默契，一会儿工夫，我就爬到树杈上，一屁股坐下来，背倚在树枝上，头枕在风里，世界都是我的了。

快乐充满我的胸膛，我在高处俯瞰，刚才坐过的地方，变小了，巴掌一样大，此刻我栖息在树枝之上，风带着我的思绪自由飞翔。

我靠在树上，想这棵大树是哪位好心人栽的，我们素不相识，我却得到如此的凉爽，我的心里谢过这位无名英雄一遍遍。

我抬头看树叶间点点阳光，被风吹得晃悠悠，摇摆不定的光带着我的视线挪移，我竟然看到一颗翠绿的果子，上面长着毛茸茸的毛，这难道是一棵果树。

我顺着果子往外看，看到了一院落的瓜果藤，它们爬过院墙，好心的主人随了它们的心愿，给它助力一把，它们便快活地顺着夏天的风疯长到这棵高高的大树之上。

我想这家主人一定心慈人善，不久之后我能否到她家里讨一碗荷花酒，吃一勺桂花羹，尝一小片瓜果。

想到那景，我鼻子里都带着馨香，留在我的喉咙，唇齿之间，无比快活。

午后的时候，如风一样，说没就没，我从树上下来，也收回我畅游的思绪。

地上不打算继续坐了，人们马上纷纷出门，摇着蒲扇，拉着家常，炊烟又起，黄昏就跟来了。

我随着风，行走到河边，我看到斗大的太阳在水里变了颜色，太阳在水里漂去满身的灰尘，洗得清亮的，像一幅油画，挂在天地间，我看着彩霞满天，我追着彩霞去了。

风吹着我，我双脚离开了地面，我不会飞，这一次怕是要摔个大跟头吧。

好在风又落下，我掉在了农家的麦秸秆上，那大大的圆圆的草垛，是儿时我家母鸡下蛋的地方吗？

我伸手去摸，一枚小小的，带着血的鸡蛋，热乎乎地在我的手掌里。

原来母鸡们，还是喜欢这个草窝，因为这里别有洞天。孩子长大了，天地也大了，母鸡老了，还是窝在这方土地里。

循环往复，人就老了，可是人的眼界宽了，视野广了，还会回到原来的土地，万水千山走过，唯有这片热土温暖着心窝呀。

风，如夏天的炙热，夏天的风带着我旋落，我想，不用计划和盘算，因为夏天可是长长的，七月八月还早着，我会随风而起，爬树听风，我会临湖而立，望尽天涯。人生苦短，适时听风，夏天的风那么久，你知道它在说什么吗？细细听，和我一起……

风起时，带着它的真挚，邀你放下手中事，和它一起走进大自然，走出俗世，给心灵一次抚摸，放松整颗心，告诉自己成功不必炫耀，失败不必挂怀，人生很短，记得给自己一次风的远行，一次也是好的，和我一起走吧！